www.tredition.de

Erwin Sittig

Ganz für Familie

Kurzgeschichten für Klein und Groß

märchenhaft, realistisch und utopisch

www.tredition.de

© 2020 Erwin Sittig
https://erwinsittig.de
Illustration Cover: Erwin Sittig

Verlag & Druck: tredition GmbH, Halenreie 40-44, 22359 Hamburg

ISBN
Paperback: 978-3-347-07774-4
Hardcover: 978-3-347-07775-1
e-Book: 978-3-347-07776-8

Inhaltsverzeichnis

Rotkäppchen

Jeder kannte das kleine Mädchen, das, ob Sommer oder Winter, ständig ihr rotes Käppchen trug. Sie hieß Fridolinetta. Ihre Eltern hatten sich immer einen Jungen gewünscht und schon vor der Geburt den Namen Fridolin ausgesucht. Als das Baby auf die Welt kam, schauten sie mehrmals nach, ob es wirklich ein Mädchen ist. Sie waren darauf nicht vorbereitet und die Hebamme wollte unbedingt den Namen des neugeborenen Kindes wissen, um die Geburtsurkunde auszufüllen. Ihnen fiel kein Mädchenname ein und so grübelten sie viele Stunden, während die Hebamme solange wartete.

Endlich kam den Eltern die Idee, das Kind Fridolinetta zu nennen. Als die ihren Namen erfuhr, fing sie sofort an zu schreien und konnte sich lange nicht beruhigen.

Jahre später kam die Zeit, da Fridolinetta den Fimmel mit dem roten Käppchen bekam. Ständig trug sie es auf dem Kopf herum. In der Schule erfand dann ein frecher Knabe den Spitznamen Rotkäppchen.

Rotkäppchen freute sich so über ihren neuen Namen, dass sie jedem der sie danach fragte, „Rotkäppchen" zur Antwort gab. Dass sich Rotkäppchen über diesen Namen nicht ärgerte, störte den Jungen sehr und er begann, sie wieder Fridolinetta zu nennen. Doch das half nichts. Der neue Name war im Gedächtnis des gesamten Ortes wie eingebrannt. Es ging sogar so weit, dass die ganze Verwandtschaft, woher sie auch kamen, Fridolinetta Rotkäppchen nannten.

Rotkäppchen hatte eine Oma, die tief im Walde wohnte und gern mal ein Gläschen Wein trank. Nun traf es sich, dass der Oma der Wein ausgegangen war und die kleine Verkaufsstelle im Wald wegen Bauarbeiten geschlossen war. Da die Oma aber immer zittrige Hände bekam, wenn sie längere Zeit auf ihren Wein verzichten musste, rief sie bei Rotkäppchens Mutti an und bat sie, eine Kiste von dem leckeren Rotwein vorbeizubringen. Da die Mutter keine Zeit hatte, beschloss sie, ihre Tochter zur Oma zu schicken. Sie hatte einen Kuchen gebacken und packte auch davon etwas ein. Rotkäppchen stellte die Kiste Wein und das Körbchen mit dem Kuchen in ihren kleinen Handwagen und wollte sich auf den Weg machen. Die Mutter hielt es für nötig, dem Mädchen ein paar Ratschläge mit auf den Weg zu geben.

„Rotkäppchen", sagte sie „du weißt, wie gefährlich es im Wald ist. Gehe nicht vom Wege ab. Du weißt, dass der Förster schon alt ist und nicht mehr richtig sehen kann. Er könnte dich leicht mit einem Reh verwechseln und die Weinflaschen zerschießen. Also pass auf."

Rotkäppchen verdrehte die Augen. Sie war es leid, ständig die Belehrungen der Mutter anzuhören, so dass sie nicht mehr zuhörte.

„Außerdem", fuhr die Mutter fort „wurden kürzlich Wölfe im Walde gesehen. Es sollen furchtbare Quatschtanten sein. Lass dich von ihnen nicht aufhalten. Oma braucht den Wein dringend. Als sie mit mir telefonierte, zitterte sie so stark, dass das Telefon ständig gegen ihre Brille schlug und ich kaum verstehen konnte, was sie wollte."

„Ich will schon alles Recht machen", sagte Rotkäppchen und zog singend in den Wald hinein.

Ein paar Stunden Weg lagen vor ihr, so dass sie beschloss, sich zu beeilen. Es dauerte nicht lange und Rotkäppchen hörte, wie sich Wolfsgeheul näherte. Die Mutter hatte sie zwar vor dem Gequatsche der Wölfe gewarnt, sie kannte dies aus alten Märchen, aber sie hatte vergessen, zu erwähnen, dass sie auch sehr verfressen sind. Also spazierte Rotkäppchen sorglos weiter. Ein paar Kreuzungen später tauchte er schließlich auf.

„Guten Tag, Fridolinetta", rief der Wolf.

Damit hatte er verspielt. Nie hätte er den ihr so verhassten Namen benutzen dürfen.

„Ich heiße Rotkäppchen", antwortete sie schnippisch und würdigte den Wolf keines weiteren Blicks.

Der Wolf folgte ihr jedoch. Je länger er Rotkäppchen beobachtete, umso mehr lief ihm vor Appetit das Wasser im Maul zusammen. Sollte er seinen Appetit sofort stillen?

Er nahm sein Gespräch wieder auf.

„Wo willst du eigentlich hin, Rotkäppchen?"

„Zu Oma", antwortete sie kurz und hüllte sich dann in Schweigen.

Da kam dem Wolf eine Idee.

„Rotkäppchen", säuselte er „siehst du nicht die herrlichen Pilze im Wald stehen? Vielleicht würde sich deine Oma darüber freuen, wenn du ihr ein paar davon mitbringst."

Sie überlegte. Das ist gar keine schlechte Idee. Da Omas Verkaufsstelle geschlossen war, könnte es sein, dass sie das Konservenessen satthat und sich über frische Kost freut. Sie ließ den Wagen stehen und ging vom Wege ab, um die Pilze einzusammeln.

Darauf hatte der Wolf nur gewartet. Nachdem Rotkäppchen aus seinem Blickfeld verschwunden war, stürzte er sich sofort auf die Kiste Rotwein. Wenn er gewusst hätte, wie der Wein auf die Oma gewirkt hat, hätte er vielleicht die Pfoten davon gelassen. Doch er war dumm und wollte unbedingt an den Wein herankommen.

Vergeblich mühte er sich, die Weinflaschen aufzubekommen. Er hatte keinen Korkenzieher dabei und musste endlich einsehen, dass er allein mit seinen Zähnen nichts ausrichten kann.

Er beschloss, auf die Kleine zu warten.

Der Anblick der Flaschen ließ das Wasser in Strömen im Maul zusammenlaufen, so dass Rotkäppchen bei ihrer Ankunft einen stark sabbernden Wolf vorfand.

Sie setzte den Weg fort. Der Wolf folgte ihr.

„Wo wohnt eigentlich deine Großmutter“, fragte der Wolf.

Sie erzählte es ihm, damit sie ihre Ruhe hatte. Plötzlich hatte er es sehr eilig. Er verabschiedete sich und war blitzschnell verschwunden.

Rotkäppchen machte sich keine weiteren Gedanken darüber und zog weiter.

Der Wolf aber ahnte, dass die Oma einen Korkenzieher hat. Sonst würde ihr das Mädchen sicher keinen Wein bringen. Er beeilte sich, um noch vor Rotkäppchen dort anzukommen.

Der Wolf klopfte an ihre Tür.

„Wer ist da“, rief die Großmutter.

„Ich bin es, das Rotkäppchen“, antwortete er.

„Du bist nicht Rotkäppchen, die hat eine viel lieblichere Stimme.“

Der Wolf überlegte. Was könnte die Oma dazu bewegen, die Tür zu öffnen?

„Ich habe Wein mitgebracht“, säuselte er.

Als die Oma hörte, dass ihr geliebter Rotwein endlich da war, vergaß sie sofort, dass die Stimme nicht Rotkäppchen gehörte. Schnell stand sie auf und öffnete ihm. Der Wolf trat ein und schlang sie, ohne ein Wort zu sagen, mit einem Happs hinunter. Er hatte zwar keinen Appetit auf Omas, aber um an den Wein heranzukommen, musste er die Großmutter verstecken, denn jeden Moment würde Rotkäppchen hier sein. Das sicherste Versteck war sein Bauch.

Er legte sich ins Bett der Großmutter, setzte ihre Nachtkappe und ihre Brille auf und wartete auf Rotkäppchen.

Kurze Zeit später klopfte es an der Tür.

„Komm rein Rotkäppchen, die Tür ist offen“, krächzte der Wolf.

Sie wusste, dass die Oma sie erwartet, und betrat unbesorgt die Stube.

Sie trat ans Bett und schaute sich ihre Oma in Ruhe an. Sie war kaum wiederzuerkennen.

Schrecklich, was der Alkohol aus einem Menschen machen kann, dachte Rotkäppchen, der die Probleme der Oma bekannt waren.

Doch da sie sich nicht so recht an den Anblick gewöhnen konnte, nervte sie die Oma mit ein paar Fragen.

„Großmutter, warum hast du so eine tiefe Stimme?"

„Meine Kehle ist so rau, weil schon lange kein Wein mehr im Haus ist."

„Aber Großmutter, warum hast du so einen dicken Bauch?"

Er war wirklich sehr auffällig, zumal die Oma im Bauch des Wolfes zu zappeln begann, weil es so ungemütlich war.

Der Wolf antwortete: „Damit der Wein in mich hineinpasst, den du mir mitgebracht hast."

„Und warum hast du so große Augen, Großmutter?", fuhr Rotkäppchen fort.

„Damit ich die Etiketten auf den Flaschen besser lesen kann".

„Und warum hast du so ein dickes Fell?"

„Weil meine Mutter mit mir immer so viel geschimpft hat".

„Aber Großmutter, warum hast du so große Ohren?"

„Damit meine Brille nicht herunterfallen kann."

„Warum hast du aber so eine entsetzlich große Nase?"

„Damit ich besser popeln kann", antwortete der Wolf und lachte sich über seinen Witz kaputt.

Dabei kamen seine Pfoten zum Vorschein.

„Omilein, warum hast so komische Hände?".

„Damit ich dich besser packen kann", rief er und hielt das arme Rotkäppchen mit seinen Krallen fest. Jetzt fiel ihr auch der seltsame Mund auf und sie fragte ängstlich:

„Warum hast du aber so eine entsetzlich, großes Maul?"

„Das sagt man aber nicht zu seiner Großmutter", erwiderte der Wolf.

„Dafür fresse ich dich jetzt."

Und er riss seine Schnauze auf und stopfte auch noch das Rotkäppchen hinein.

Im Bauch begann ein großes Gezeter.

„Aua, pass doch auf, wo du hintrittst", schimpfte die Großmutter.

„Entschuldige Omi", sagte Rotkäppchen „kannst du nicht mal Licht machen?"

Dem Wolf war egal, was sich die beiden zu erzählen hatten. Ihn interessierte jetzt nur noch der Wein. Er suchte sich den Korkenzieher heraus, öffnete eine Flasche und trank sie in einem Zuge aus.

Im Bauch hörte man wieder Geschrei:

„Igitt, was soll denn die Schweinerei?"

Der Wein wirkte langsam und er wurde müde. Er legte sich ins Bett und fing fürchterlich an, zu schnarchen.

Der Förster kam vorbei und hörte die ungewöhnlichen Geräusche. Er wollte nach dem Rechten sehen und trat ein, weil auf das Klopfen niemand reagierte.

Als er zum Bett kam, bemerkte er auch das komische Aussehen der Alten.

„Bist du es, Großmutter?", rief er.

Aus dem Bauch antwortete eine Stimme: „Kannst du mich etwa sehen?"

„Aber selbstverständlich sehe ich dich", erwiderte er.

„Ich bin doch nicht blind", setzte er hinzu und beschloss, sich endlich eine neue Brille zu besorgen.

„Dann hol` uns hier raus, du Trantute", schimpfte die Oma.

Jetzt erst war er sich sicher, dass ihn seine Augen nicht täuschten. Er hatte den Wolf vor sich. Die Großmutter musste sich also im Bauch des Wolfes befinden.

Schnell nahm er Omas Schere und schnitt den Bauch auf, wobei er sich wieder Meckereien der Oma anzuhören hatte, der er aus Versehen in den Po gepiekt hatte.

Dann sprangen Rotkäppchen und ihre Oma quietschfidel heraus. Sie waren von oben bis unten mit Rotwein bekleckert und stanken auch danach.

Trotzdem wurde erstmal gefeiert. Oma und der Förster tranken eine Flasche Rotwein und Rotkäppchen aß den Kuchen. Dann sammelte Oma ihre vielen leeren Weinflaschen zusammen und stopfte sie dem Wolf in den Bauch. Anschließend wurde er sorgfältig zugenäht. Sie trugen den Wolf hinaus und gingen schlafen, nachdem sie den Förster verabschiedet hatten.

Als der Wolf erwachte, stellte er fest, dass bei jedem Schritt, den er machte, sein Bauch so laut zu klirren anfing, dass es meilenweit zu hören war. Er wusste allerdings nicht, dass es leere Flaschen waren.

Seit der Zeit hat er nie mehr jemanden fressen können, da er mit dem Glockengeläut sein Kommen immer rechtzeitig ankündigte und die Tiere schnell davonliefen.

So kam es, dass der gierige Wolf letztendlich verhungerte.

Und wieder mal war der Alkohol an allem schuld.

Hanna und die Schokobienen

Das Leben im Dorf schlich im immer gleichen Trott dahin.

Jeder kannte jeden, die Sonne ging täglich an der gleichen Stelle auf, und es war schon etwas Aufregendes, wenn mal der Bus ein paar Minuten Verspätung hatte.

Der Wind pfiff wie immer durch die undichten Fenster und Hanna kuschelte sich nochmal ins Bettchen, um den kleinen Rest Wärme zu retten, der sich in ihrer mit Gänsefedern gefüllten Zudecke versteckt hatte. Sie hatte sich schon lange bei ihren Eltern über das undichte Fenster beschwert, doch deren Ohren hatten offenbar besseres zu tun, als ihr zuzuhören. Selbstverständlich waren alle anderen Zimmer wohlig warm, so dass es keinen Grund gab, etwas zu unternehmen, da bekanntlich Kinder immer übertreiben.

Dabei war es ihrer Mutter ebenso ergangen, als sie noch im Haus ihrer Eltern wohnte. Sie war damals aus Protest mit ihrer Schwester unter die Treppe gezogen, ohne dass sich darunter eine Kammer befand. Jeder, der daran vorbeilief, sah sie dort liegen. Sie hatten ihr Bettzeug geschnappt und schliefen dort auf den Fliesen, bis sich ihr Vater erbarmte und den Umbau des Kinderzimmers in Angriff nahm.

Stolz hatte ihre Mutter immer wieder davon berichtet.

Aber heute war sie erwachsen und hatte Mühe, die Sprache der Kinder zu verstehen.

Hanna hatte keine Lust, es ihrer Mutter nachzumachen und ebenfalls unter die Treppe zu ziehen. Es wiederholte sich ohnehin schon alles im Dorf, so dass auch diese Wiederholung sie langweilen würde.

Missgelaunt schlenderte Hanna die Treppe hinunter. Ganz leise war der Ruf ihrer Mutter ans Ohr gedrungen, dass das Frühstück fertig sei. Ein magischer Ruf, der etwas

Freude erhoffen ließ, falls es heute etwas Besonderes zum Naschen gäbe.

Vorsichtig lugte sie um die Ecke, um den Frühstückstisch zu mustern. Die Kinnlade fiel hinunter und mit diesem entstellten, langen Gesicht marschierte sie in die Küche ein. Wieder gab es gesundheitsbewusstes Essen. Hanna konnte den übertriebenen Ernährungstick ihrer Mutter nicht verstehen.

Obst, Körnerbrot oder -brötchen, Müsliriegel, Bienenhonig und Milch, das waren die Sachen, die bei keinem Frühstück fehlten.

Langweilig. Immer nur das Gleiche. Hannas Anregung, mal Schokolade, ein paar Gummibärchen oder wenigstens etwas anderes in der Richtung auf den Tisch zu stellen, überhörten sie genauso, wie ihren Wunsch, das Fenster abzudichten.

„Was ziehst du für ein Gesicht", beschwerte sich ihre Mutter. „Du könntest so hübsch sein, wenn du etwas lächeln würdest."

„Ich ziehe kein Gesicht", konterte Hanna. „In meinem Zimmer zieht es. Vielleicht hat es auch an meinem Gesicht gezogen. Dafür kann ich nichts." Und sie schob zusätzlich die Unterlippe vor, wobei sie den Honig anstarrte.

Hanna merkte sofort, dass ihre Mutter sie wieder nicht verstanden hatte, oder besser gesagt, es nicht wollte.

„Soll ich dir ein Honigbrötchen schmieren?", hörte sie ihre Mutter, die den Blick auf den Honig zum Anlass nahm, vom Thema abzulenken.

„Ich mag diesen Honig nicht. Ich mag nur Schokohonig."

„Leider gibt es keine Schokobienen, mein Schatz, sondern nur Honigbienen."

„Es gibt sehr wohl Schokobienen. Es gibt ja auch Schokokühe."

„Die Kühe sind ja auch gescheckt und geben darum Milch und keinen Honig. Hast du schon mal eine gescheckte Biene gesehen?"

Doch so leicht war Hanna nicht auszutricksen. Sie war immerhin schon sechs Jahre alt und würde nächstes Jahr zur Schule kommen.

„Es gibt aber Zebras, die sind auch gestreift und geben Milch."

„Aber keinen Honig."

„Aber die gescheckten Bienen könnten den Schokohonig geben."

Jetzt verlor ihre Mutter doch langsam die Nerven, während ihr Vater nur amüsiert vor sich hin grinste.

„Wenn du mir eine gescheckte Biene zeigst, kriegst du auch deinen Schokohonig, aber solange isst Du den Honig von den gestreiften Bienen. Und jetzt ist Schluss mit der Diskussion!"

„Eine lebendige?"

„Ja, eine lebendige. Was soll ich dir schmieren?"

„Ein Honigbrötchen."

Schlagartig besserte sich Hannas Laune. Das würde sicher nicht schwer sein, eine gefleckte Biene zu finden. Bloß weil ihre Mutter noch keine gescheckte Biene gesehen hat, bedeutete das lange nicht, dass es sie nicht gäbe. Ihre Eltern hatten nicht mal Zeit, sich um ihr undichtes Fenster zu kümmern, da würde ihnen eine fleckige Biene schon gar nicht auffallen und wenn sie gleich auf ihrer Nase säße. Außerdem gibt es zum Beispiel Kreuzottern, von denen sie ebenfalls nie eine gesehen haben.

Die Erwachsenen waren schon albern. An Kreuzottern glauben sie, doch an gescheckte Bienen nicht.

Aber nicht mehr lange. Hanna wird sie finden, die Bienen mit Flecken drauf und dann würde sie endlich ihren Schokohonig bekommen.

Den ganzen Tag lief Hanna im Dorf herum, schaute in jede Blüte, in jeden Strauch und untersuchte jede Ecke, wo ein leises Summen zu hören war. Es waren aber immer diese blöden, gestreiften Bienen. Langweilig. Hanna wäre aber nicht Hanna, wenn sie jetzt schon aufgeben würde. Vermutlich waren sie etwas scheu, oder sie ernähren sich von anderen Sachen. Na klar, schließlich sollen sie ja Schokolade produzieren und keinen ollen Honig, den jeder hat. Vielleicht sollte sie dort suchen, wo die braungescheckten Kühe leben. Die fressen bestimmt nicht das Gleiche, wie die schwarz-weiß-gescheckten. Sicherheitshalber rief sie weiterhin ein paar Mal nach den Schokobienen, aber sie wurde von ihnen sicher genauso wenig verstanden, wie von ihren Eltern.

Sie hatten vor einiger Zeit einen Ausflug gemacht, der sie etwas weiter weggeführt hatte. Die Richtung wusste sie noch. Dort gab es diese braunen Kühe, die angeblich Schokomilch herstellen.

Der Weg war weit, die Zeit knapp. Sie suchte sich ein altes Marmeladenglas heraus, stach mit Papas Schraubenzieher einige Löcher in den Deckel und stopfte es zusammen mit ein paar Bananen und einigen Brötchen in ihren Rucksack. Dann schwang sie sich auf ihr Fahrrad und radelte davon.

Zum Glück lebte sie nicht im Gebirge, dann wäre es bestimmt eine kurze Reise geworden, aber so ging es gut voran. Die Sonne strahlte, als würde sie Hanna für ihre tolle Idee belohnen wollen und der Wind kraulte ihr langes Haar, was fast schöner war, als das Streicheln von Mama und Papa. Vielleicht empfand sie es nur so, weil ein wahnsinnig spannendes Abenteuer auf sie wartete und sie ihrer Mutter beweisen kann, dass es Schokobienen gibt. Am meisten freute sie sich auf den Schokohonig, der bald jeden Tag, auf dem Frühstückstisch, den dummen alten, langweiligen, gelben Honig auslachen würde.

Hin und wieder rief sie nach den Schokobienen, in der Hoffnung, dass eine von ihnen ihre Sprache spräche und zufällig, wie sie, einen kleinen Ausflug macht. Doch sie war nicht traurig, als niemand antwortete, denn sie war noch weit von ihrem Ziel entfernt.

Hanna schoss an den alten, roten Backsteinhäusern vorbei und winkte den Omas, Opas und Kindern zu, die sich davor tummelten, und wurde noch fröhlicher, wenn ihr alle freundlich zurückwinkten. Und obwohl die es gar nicht wissen wollten, rief sie ihnen zu, dass sie auf dem Weg sei, die Schokobienen zu suchen, was die Menschen mit einem ausgelassenen Lachen belohnten.

Nachdem sie schon ein paar Stunden gefahren war, rief ihr ein altes Mütterchen zu:

„Warte Kleines, du brauchst nicht weiter zu suchen, ich habe eine Schokobiene. Wenn du willst, kannst du sie haben."

„Ja?", Hanna konnte ihr Glück nicht fassen. Sie bremste so kräftig, dass sie fast gestürzt wäre, und kehrte zum Haus der alten Frau zurück, die inzwischen hinter der Tür verschwunden war. Aufgeregt kramte sie ihr Marmeladenglas hervor und schraubte schon den Deckel ab, um ihren Schatz darin zu verstauen.

Doch die Enttäuschung war riesengroß, als die Frau mit einer kleinen Schokoladenbiene auftauchte, die in goldenes Papier eingewickelt war und schwarze Streifen auf dem Körper aufwies. Wenn sie wenigstens gefleckt gewesen wäre, hätte sie ihren Eltern zeigen können, dass auch andere Menschen gescheckte Bienen kennen - aber so war sie gar nichts Wert. Das Mütterchen verstand nicht, dass das Mädchen ohne ihre Nascherei weiterfuhr und vor sich her murmelte: „Die ist ja gestreift. Ich hasse gestreifte Bienen."

Die gute Laune war dahin. Die Sonne wurde lästig, da sie wegen der Anstrengungen zu schwitzen begann. Der Wind hätte besser von hinten pusten sollen, um sie anzuschieben. Alle waren gegen sie. Aber jetzt erst recht. Hanna ahnte, warum die Erwachsenen keine Schokobienen kannten, weil sie nicht daran glauben wollen. Den lieben Gott hatte auch noch keiner gesehen und trotzdem erzählten Oma und Opa und manchmal auch Mama von ihm. Sie suchen sich einfach aus, was ihnen gefällt und da sie Schokohonig nicht gern essen, glauben sie nicht an Schokobienen. Genau so wird es sein. Sie ärgerte sich, dass sie einen kleinen Moment an der Schokobiene gezweifelt hatte.

Inzwischen wurde es schummrig. Sie hatte bisher keine einzige braune Kuh gesehen. Wie lange sie noch brauchen würde, konnte sie nicht einschätzen. Aber sie wollte auch niemanden fragen, da sicher keiner verstehen würde, was ein kleines Mädchen zu dieser Zeit allein in einer fremden Gegend zu suchen hatte. Sie steuerte ein Wäldchen an, das ihr Schutz vor der Kälte versprach. Die Dunkelheit kam schneller als gedacht und die Bäume über ihr nahmen ein weiteres Stück von dem spärlichen Mondlicht weg.
    Trotzdem freute sie sich, dass der Mond bei ihr war. Dadurch konnte sie erkennen, wo sich ein Moosteppich gebildet hatte, so dass sie etwas weicher lag. Wie schön wäre es, jetzt eine Decke zu haben. Sie hatte damit gerechnet, die Schokobiene schneller zu finden, so dass ihr der Gedanke, eine Zudecke mitzunehmen, niemals gekommen wäre. Zum Glück hatte sie sich eine Jacke eingesteckt, mit der sie sich jetzt notdürftig zudeckte.
    Es war eine eigenartige Stille im Wald. Aus der Ferne hörte sie ein paar Frösche, die sich bemühten, sie in den Schlaf zu singen und das sanfte Rascheln der Zweige tat sein Übriges. Sie hatte keine Angst und schlief mit dem Gedanken an die Schokobienen ein.

Die Vögel standen ziemlich früh auf. Ihr Trällern hallte im ganzen Wald wieder und Hanna stimmte mit ein, wobei sie versuchte, die Melodie ihres Lieblingssängers nachzuahmen. Sie hatte im ersten Moment ihr Zimmer mit dem zugigen Fenster herbeigesehnt, da ihr etwas kalt war, aber der Gesang der Vögel entschädigte sie für die unsanfte Nacht, die sie in allen Knochen spürte. Sie lief zum Waldrand, wo sie die wärmenden Sonnenstrahlen aufsaugte, und aß alle Bananen auf einmal auf, die sie im Rucksack fand.

Sie versuchte ein weiteres Mal, die Schokobienen zu rufen, lauschte eine Weile und wollte schon weitergehen, als sie hinter sich eine Stimme hörte.

„Was möchtest Du von mir? Warum schreist du denn den ganzen Tag herum?"

Hanna drehte sich um, doch es war nichts zu erkennen, was zu ihr gesprochen haben könnte.

„Hallo? Zeige dich, ich kann dich nicht sehen."

„Bist du blind? Ich bin genau vor dir. Hast du etwa nicht gewusst, dass wir so klein sind?"

Hanna musste sich sehr konzentrieren, um die kleine Biene zu erkennen, die vor ihr in der Luft schwebte. Und wenn sie sich nicht täuschte, war sie gefleckt.

„Wer bist du?"

„Ich bin Biene Bumm, eine Schokobiene. Du hast mich doch gerufen."

Langsam bewegte sich Hanna zu ihrem Rucksack und tastete nach dem Marmeladenglas, ohne Biene Bumm aus den Augen zu lassen.

„Lass das ja sein, sonst steche ich dich!", warnte die Biene.

„Bist du nur gekommen, um mich einzusperren?"

„Nnnein, i i ich wollte nur ..... Meine Mutti sagt ... Ach quatsch, na klar wollte ich dich fangen, denn du würdest doch kaum freiwillig mitkommen, oder?"

„Natürlich nicht. Warum sollte ich?"

„Meine Mutti glaubt nicht, dass es Euch Schokobienen gibt. Wenn ich es ihr aber beweise, bekomme ich morgens immer Schokohonig.“

„Das ist auch gut so, dass die Menschen uns nicht kennen. Sonst würden sie uns genau wie den dummen Honigbienen das Essen klauen und uns mit billigem Ersatzfutter abspeisen. Niemals werde ich mit dir mitkommen.“

„Aber es gibt doch schon Schokohonig.“

„Nein, nein. Das ist nur geschmacklose Schokocreme, die die Menschen selbst machen.“

„Komm doch mit“, bettelte Hanna. „Du musst ja nicht verraten, wo ihr wohnt. Du sollst dich ja nur zeigen und dann kannst du wieder nachhause fliegen.“

„Das ist mir viel zu gefährlich. Vielleicht frisst mich unterwegs ein Vogel oder die Menschen schlagen nach mir. Nein ich bleibe lieber hier.“

Hanna begann zu weinen. All ihre Träume von einem zauberhaften Frühstück mit Schokohonig zerplatzten. Es machte ihr nichts aus, dass es nur geschmacklose Schokocreme sein soll, sie schmeckt trotzdem traumhaft.

„Hör auf zu heulen, Kleine. Ich werde dir helfen. Wir können nämlich etwas zaubern, nur darum haben uns die Menschen noch nicht entdeckt. Ich werde dich jetzt kurz stechen und dann wirst du dich selbst in eine kleine Schokobiene verwandeln und kannst zu deiner Mutti fliegen. Zeige dich nur kurz. Es ist sehr gefährlich, lebensgefährlich für dich. Willst du es wagen?“

Hanna überlegte. Was soll ihr schon passieren? So eine Biene ist schnell, wendig und kann sich mit ihrem Stachel gut verteidigen. Aber halt.

„Müssen die Bienen nicht sterben, wenn sie gestochen haben und der Stachel im Opfer steckenbleibt?“

Biene Bumm beruhigte sie.

„Bei uns Schokobienen ist das anders. Du vergisst, dass wir besondere Bienen sind, die zaubern können.“

„Kann ich dann auch zaubern?“

„Nein, tut mir leid. Du bist, auch wenn du dann so aussiehst, keine Schokobiene.“

„Schade. Das wäre toll gewesen. Aber wenn das so gefährlich ist, als Biene nachhause zu fliegen, kannst du mir nicht wenigstens drei oder vier Zauberwünsche schenken, um mich zu verteidigen?“

„Na gut. Ausnahmsweise. Aber zwei Wünsche müssen reichen. Überlege dir gut, was du dir wünscht. Wenn du deinen Wunsch laut aussprichst, wird es geschehen.“

Darauf stach Biene Bumm Hanna in den Arm und augenblicklich sackte sie nach unten, da sie vergessen hatte, mit den Flügeln zu schlagen. Um so schöner war es, als sie wieder aufstieg und dann neben Biene Bumm schwebte.

„Übrigens woher wusstest du, dass die Schokobienen gescheckt sind?“

„Weiß doch jedes Kind“, prahlte Biene Hanna und flog davon.

War das ein tolles Gefühl, durch die Lüfte zu fliegen. In rasender Geschwindigkeit zog die Landschaft unter ihr dahin. Sie sah wesentlich gewaltiger aus, als vorher, was sicher an ihrer ungewohnt kleinen Größe lag.

Hanna flog zur Landstraße, da sie Angst hatte, sonst nicht nachhause zu finden. Hier fuhren riesige Fahrzeuge. Die erzeugten einen solchen Wind, dass Hanna aufpassen musste, nicht mitgerissen zu werden. Folglich hielt sie ein wenig Abstand zur Straße und freute sich bei jedem Flügelschlag, ihren Eltern etwas näher zu kommen.

Plötzlich entdeckte sie in der Ferne ein Fahrzeug, das ihr bekannt vorkam. Es war ein rotes Motorrad. Das Komische war, dass es ganz langsam fuhr. Schnell flog sie näher heran und tatsächlich, ihr Herz vollführte einen kleinen Freudenhüpfer. Auf dem Motorrad saßen Oma und Opa Humpi. Sie drehten ihre Köpfe in alle Richtungen, als ob sie etwas suchen. Was war mit ihnen los? Sonst fuhren sie immer recht flott durch die Gegend. Hanna hatte es geliebt, wenn ihr Opa die Maschine herausholte und eine kleine Spritztour mit ihr unternahm. Sie kam sich wie ein Kosmonaut vor, sobald sie sich den Motorradhelm überstülpte. Doch so langsam sind sie nie gefahren, nie.

Aber natürlich. Wie konnte Hanna das nur vergessen. Immerhin war sie die ganze Nacht nicht nach Hause gekommen. Ihre Eltern und die Großeltern mussten sich große Sorgen um sie machen. Sie suchen Hanna.

Nichts leichter als das. Die Sorge konnte sie ihnen nehmen. Sie flog vor Opas Gesicht und rief ihm zu: „Hallo, Opi, hier bin ich. Ihr müsst keine Angst um mich haben."

Es war gar nicht so einfach, rückwärts zu fliegen und gleichzeitig laut rumzubrüllen.

War Opa taub? Statt ihr zuzuhören, versuchte er ständig, sie mit der Hand wegzuschieben. Ist ja nichts Neues. Nie hörte ihr jemand zu. Vielleicht verstand er sie nicht, weil der Helm so dick ist. Also schrie sie noch lauter und flog noch dichter an Opis Gesicht heran. Doch der wurde nun ungeduldig und schlug mit der Hand nach ihr, so dass sie nur mit Müh' und Not ausweichen konnte. Dann geriet sie in den Sog des Motorrads, das auf einmal beschleunigte und letztendlich landete Hanna im Straßengraben zwischen den Gräsern.

Erschreckt und erschöpft lehnte sie sich an den Halm, an dem sie sich soeben gestoßen hatte. Traurig folgte sie mit den Augen dem Motorrad, das hinter dem nächsten Hügel verschwand.

Sollte sie ihm hinterherfliegen? Ihr fiel wieder ein, dass sie eine Biene war und die Menschen deren Sprache nicht verstehen können. Aber war sie nicht eine Zauberbiene?

Sie brauchte sich nur zu wünschen, dass sie wie ein Mensch sprechen kann, und schon wäre ihr Problem gelöst. Doch sie muss gut überlegen. Was ist, wenn Bienen nur so leise reden, dass die Leute sie trotzdem nicht hören. Dann wäre ein Wunsch vertan und sie hatte doch nur zwei. Außerdem hatte Biene Bumm sie gewarnt, dass der Flug nachhause lebensgefährlich sei. Wahrscheinlich würde sie ihren Zauber brauchen, um sich zu retten.

„Tut mir leid, Oma und Opa Humpi. Ihr müsst noch etwas warten. Ich werde Papa mit dem Auto hinterherschicken."

Und sie flog zügig weiter, um die Sorgen der Großeltern ein wenig zu verkürzen. So schön das Fliegen anfangs auch war, es fiel ihr immer schwerer. Sie war es gewohnt, sich mit den Beinen vorwärts zu bewegen, doch hier hatten die Arme die Hauptarbeit zu leisten. Außerdem ist die Strecke verhältnismäßig viel länger geworden, da sie jetzt wesentlich kleiner war. Trotzdem kam sie schneller voran, als mit dem Fahrrad. Dafür musste sie größere Pausen einlegen, da die Flügel lahm wurden. Zusätzlich bekam sie Hunger und Durst.

Sie war froh, den ersten Bauernhof zu erreichen. Noch mehr freute sie sich, dass die Leute im Freien saßen und den Frühstückstisch gedeckt hatten. Essen im Überfluss. Sie brauchte sich nur hinsetzen und den Rüssel hineintauchen. Sogar der leckere Honig von den gestreiften Bienen stand auf dem Tisch.

Hanna stürzte sich mutig in die Leckereien, doch bevor sie landen konnte, schlug eine Hand nach ihr. Wieder gelang es ihr nur knapp, auszuweichen. Das Unglück wollte es, dass sie sich dabei dem nächsten Menschen näherte, der ebenfalls nach ihr schlug. Nachdem sie bei weiteren Landeversuchen wiederum attackiert wurde, ging sie zum Angriff über, da sie wusste, dass viele Leute vor Bienen Angst haben.

Doch Hanna wurde in ihrer Wut zu unvorsichtig, so dass sie einen kräftigen Hieb des kleinen Jungen abbekam und sie benebelt durch die Luft torkelte. Kaum kam sie etwas zu sich, sah sie auch schon den Bengel auf sich zustürzen, der es sich in den Kopf gesetzt hatte, ihr den Garaus zu machen. Nur knapp entging sie seinem Fußtritt und flog in panischer Angst davon.

Zornig wünschte sie lauthals dem Jungen einen Bienenstich in die Nasenspitze, so dass die so stark anschwellen solle, dass er nichts mehr sehen könne. Sie lachte sich halb krumm, als sie sah, wie ihr Wunsch Wirklichkeit wurde. Gleich darauf wurde ihr mit Schrecken bewusst, dass sie einen Zauber unsinnig verschleudert hatte. Und trotzdem wollte ihre Schadenfreude nicht vergehen.

Ihr Hunger quälte sie immer noch und sie schaute sich auf dem Hühnerhof um. Musste sie tatsächlich mit dem schmutzigen Wasser vorliebnehmen und mit dem Brei, der dort für das Federvieh herumstand? Sie hatte keine Wahl.

Sie war nicht mal halbwegs satt, als sich ein riesiger Schatten näherte. Gerade noch rechtzeitig hatte sich Hanna umgedreht, als auch schon der harte Schnabel eines Huhns nach ihr hackte. Erneut entkam sie nur knapp und wunderte sich, wie viel Feinde so eine Biene hatte. Sie wünschte sich sehnlichst, wieder die kleine Hanna zu sein, die vor nichts Angst haben muss, weil Mama, Papa, Oma, Opa und viele andere auf sie aufpassen. Aber sie hütete sich, das laut auszusprechen. Das Ziel war noch nicht erreicht. Mutti muss unbedingt die Schokobienen kennenlernen, sonst wäre alles umsonst gewesen.

Sie fühlte sich soweit wieder okay, dass sie weiterflog, immer die Straße entlang. Da kein Lüftchen wehte und die Sonne nicht zu heiß brannte, kam sie flott voran. Das heimatliche Dorf war schon zu sehen, als sie erneut einen bedrohlichen Schatten über sich bemerkte. Ein Vogel hatte sie im Visier.

Hanna spürte sofort, dass er es auf sie abgesehen hatte. Ihr Herz raste vor Angst und sie beschleunigte ihren Flug. Doch der Vogel, sie hatte keine Zeit nachzusehen, was für einer es ist, setzte schon zum Sturzflug an. Bald war er auf einer Höhe mit ihr und Hanna versuchte Haken zu schlagen. Sie holte alles aus sich heraus und stellte fest, dass ihr Verfolger zumindest ebenso flink, wie sie war. Lange würde sie nicht mehr durchhalten. Und dann ließ sie sich einfach fallen und klammerte sich an die Unterseite einer großen Blüte. Durch die Blütenblätter beobachtete sie zitternd ihren Gegner, der sie anscheinend aus den Augen verloren hatte.

Er kreiste jedoch immer noch in der Nähe und hatte nicht aufgegeben. Sie sah, wie er zwischendurch ein paar andere Insekten verspeiste und hoffte, dass er bald satt sein würde. Sogar als er schon längst nicht mehr zu sehen war, wagte sie sich nicht hervor. Ihr war klar, dass er nicht der einzige Vogel in der Gegend ist und sie wusste, dass diese Wiese riesengroß war. Zum Glück gab es vom Boden her keine Gefahr, zumindest wüsste sie nicht, welches Tier, einer Biene zu nahe treten würde. Sie beschloss, sich den Rest des Weges zwischen den Gräsern und Blumen entlang zu schlängeln. Das schränkte zwar die Geschwindigkeit ihres Fluges beträchtlich ein, erhöhte jedoch ihre Sicherheit enorm.

Vollkommen entkräftet erreichte sie ihr Dorf.

Egal, was passiert, jetzt drehte sie nochmal voll auf. Hanna sehnte sich danach, endlich die Stimme ihrer Mutter zu hören. Es war ihr dabei gleichgültig, ob die schimpfen würde, weil sie so lange weggewesen war, ohne Bescheid zu sagen. Sie flog, als ob ein ganzer Schwarm Vögel hinter ihr her wäre und ganz bestimmt hatte sie einen neuen Weltrekord im Bienenschnellflug aufgestellt, als sie durch das offene Küchenfenster ihres Hauses flog.

Ihre Mutter saß am Küchentisch, hatte den Kopf auf die Arme gelegt und heulte, als hätte man ihr das liebste Spielzeug weggenommen. Hanna fiel auf, dass nichts in der Küche aufgeräumt war, was bisher nie vorkam.

Hanna wusste sofort, dass ihre Mutti wegen ihr weinte. Am liebsten hätte sie sich gleich zu erkennen gegeben, aber erst muss Mama sehen, was für eine prachtvoll gescheckte Biene sie ist.

Sie krabbelte über die Hände ihrer Mutter und bereitete sich darauf vor, dass sie sie wegstoßen würde. Es kam ihr erst mal nur darauf an, dass sie den Kopf hebt, um sie als Schokobiene betrachten zu können.

Aber ihre Mutter sah nur die Biene und bemerkte vermutlich nicht mal, dass sie gescheckt war. Wie wild schlug sie um sich und rief:

„Verschwinde du Biest. Du bist Schuld, dass meine Hanna weggelaufen ist."

Hanna musste höllisch aufpassen, von ihrer Mutter nicht erschlagen zu werden. Sie floh unter den Tisch, wo sie außer Sichtweite war, und überlegte in Ruhe, was zu tun sei.

Einen Zauberwunsch hatte sie noch frei und danach könnte sie sich zurückverwandeln.

Es war sicher, dass ihre Mutter in ihrer Wut die gescheckten Flecken auf ihrem Körper niemals sehen würde und auch das Rufen wird keinen Erfolg haben.

Endlich hatte sie die rettende Idee. Sie wünschte sich, so groß wie ein Huhn zu sein, und flog wieder unter dem Tisch hervor. Dann baute sie sich vor ihrer Mutter auf und drehte sich wie ein Model in der Luft, dass die alles genau erkennen kann.

Ihre Mutter erstarrte. Kein Auge ließ sie von dieser eigenartigen Erscheinung. Als Hanna sich schon freuen und zurückverwandeln wollte, kippte ihre Mutter um und blieb reglos liegen. Hanna bekam einen gewaltigen Schreck und nahm sofort ihre richtige Gestalt an.

Sie schüttelte ihre Mutter und rief ihren Namen, doch nichts geschah. Wie könnte sie helfen? Sie hatte einmal im Film gesehen, was man in solchen Fällen macht. Also holte sie eine große Kaffeetasse, füllte sie mit kaltem Wasser und goss sie ihrer Mutter ins Gesicht. Die schoss schlagartig in die Höhe und schnappte, wie ein Fisch auf dem Trockenen nach Luft. Dann erblickte sie ihre Tochter, starrte sie genau so an, wie vorher die Biene und kippte wieder um.

Da ihre Mutter erfreulicherweise am Leben war, verflog die Angst.

„Mami", zeterte Hanna „nun stell dich nicht so an. Du bist doch sonst nie umgekippt, wenn du mich gesehen hast."

Langsam kam sie wieder hoch, schaute aber immer noch ungläubig auf Hanna.

„Was fällt dir ein, mir Wasser ins Gesicht zu schütten."

„Der Kaffee war alle und die Milch war zu weit weg. Ich musste Wasser nehmen."

Sie kauerte sich neben ihre Mutter und rutschte dann auf ihren Schoß und nahm sie in die Arme, während sie triumphierend fragte: „Und? Hast du die Schokobiene gesehen?"

Sie setzte Hanna ab, sprang auf und rief: „Nein! Hab' ich nicht! Erzähl mir lieber, wo du gewesen bist."

„Na bei den Schokobienen. Du hast doch vorhin eine gesehen, oder?"

„Ich weiß nicht, was ich gesehen hab. Ich bin etwas mit den Nerven fertig. Aber eine Schokobiene war es sicher nicht!"

Hanna sah ihrer Mutter jedoch an, dass sie darüber nachdachte. In diesem Moment kamen Opa und Oma Humpi zurück. Sie sahen Hanna zunächst nicht und berichteten betrübt: „Tut mir leid, Yvonne, wir haben deine Tochter nicht gefunden."

Doch da sprang ihnen Hanna auch schon in die Arme und sie drückten sich ausgiebig.

„Stimmt's, Opa? Dich hat doch unterwegs eine Biene geärgert, als ihr mit dem Motorrad gefahren seid? Das war ich!"

„Das Kind ist etwas überdreht", entschuldigte sich ihre Mutter für Hanna.

„Wir werden sie erst mal ins Bett bringen. Und Euch wäre ich dankbar, wenn ihr meinen Mann holt. Ihr wisst ja, wo er Hanna suchen wollte."

Opa Humpi war verwundert. Er erinnerte sich an die Biene, die ihn geärgert hatte, genau.

„Und wenn ihr mein Fahrrad noch holen könntet, wäre das prima."

Sie beschrieb, wo es zu finden sei, und abermals wunderten sich alle, dass es so weit entfernt liegen soll.

„Wie bist du denn hergekommen, Hanna", fragte Opa.

„Na geflogen. Ich hab dir doch gesagt, dass wir uns getroffen haben. Biene Bumm hat mich in eine Schokobiene verwandelt und nachdem Mutti mich gesehen hat, habe ich mich zurückverwandelt."

„Du hast sie als Biene gesehen, Yvonne?"

„Quatsch," widersprach sie „denkst du, ich bin verrückt?"

Und nachdem Opa Humpi den mitleidigen Blick von Oma Humpi, den unsicheren Blick von Hannas Mutter und den stolzen Blick von Hanna betrachtete, wusste er, dass seine Enkeltochter eine Schokobiene war. Er zwinkerte Hanna zu und machte sich auf, ihren Vater zu suchen.

Hannas Mutter jedoch nahm sie auf den Arm, trug sie ins Bett und sie kuschelten eine Weile.

Von der Schokobiene sprachen sie nicht mehr, weil Hanna nicht wollte, dass sich ihre Mutti für verrückt hält.

Doch am nächsten Morgen, als der Wind wieder durchs Fenster pfiff, war der Tag gar nicht mehr so langweilig wie sonst immer. Hanna freute sich schon auf den Honig von den gestreiften Bienen. Sie hörte, wie ihre Mutter zum Frühstück rief und hüpfte mit einem strahlenden Gesicht in die Küche. Und auf dem Tisch stand, neben dem gelben Honig, ein Glas Schokohonig. Sie sah sofort, dass jemand das Wort „Schokohonig" nachträglich draufgemalt hatte. Weder ihr Vater, noch ihre Mutter verloren ein Wort über den vergangenen Tag. Es war wie immer, bis auf den Schokohonig.

Ein aufregendes Dorf, in dem sie lebte. Es war ständig was los, mit dem man nicht gerechnet hätte.

Natürlich behielt Hanna für sich, dass der Schokohonig gar kein Schokohonig war, sondern nur Schokocreme. Die Erwachsenen hätten das nie verstanden.

Die Jagd nach der Mücke

Es gibt viele interessante Berufe. Doch den schönsten Beruf hat Herr Fischer.

Nein, er ist nicht Fischer. Er ist Jäger.

Wenn ich sage, es ist ein schöner Beruf, so meine ich nicht, dass es schön wäre, Tiere zu erlegen. Ein Jäger darf nur Tiere töten, die krank sind, oder die, wenn sie zu viele werden, großen Schaden anrichten. Das ist für den Jäger ein Gesetz, befolgt er es nicht, wird er bestraft.

Weil der Jäger aber viele gefährliche Situationen bestehen muss, hat sich im Laufe der Jahre eine eigene Sprache der Jäger herausgebildet - das Jägerlatein.

Mit ihrer Sprache schildern die Jäger die Jagd viel gefährlicher, als sie wirklich ist und so manch einer erfindet etwas hinzu, was gar nicht passiert ist. Und das ist das Schöne an dem Beruf.

Die aufregendste Geschichte, die ich je gehört habe, weiß aber der Jäger Herr Fischer zu erzählen.

Glaubt es, oder glaubt es nicht. Es war die Jagd nach einer Mücke, die Herrn Fischer fast das Leben gekostet hätte.

Herr Fischer besitzt eine kleine Waldhütte, in die er immer dann zieht, wenn er auf die Pirsch geht, um Wild zu jagen. Man sagt, dass die gefährlichsten Tiere, die bei uns leben, die Wildschweine sind. Herr Fischer weiß es besser. Es sind die Mücken.

Im Wald halten sich die Mücken besonders gern auf und so gibt es sie auch zahlreich bei der Waldhütte des Herrn Fischer.

Seit einigen Tagen fiel Herrn Fischer auf, dass ihm immer, wenn er von der Pirsch zurückkam und er in seine Waldhütte gehen wollte, eine besonders dreiste Mücke folgte.

Herr Fischer fürchtete sich vor Mücken. Immer, wenn ihn eine Mücke stach, bekam er diese dicken Beulen am Körper, die so entsetzlich jucken. Er konnte sich dann nicht beherrschen und kratzte sich ständig, was die Wirkung des Mückenstichs umso schlimmer machte.

Also hatte sich Herr Fischer vorsorglich Gaze vor die Fenster geklebt, die keine Mücken hindurch ließen.

Doch diese Mücke war pfiffiger. Sie schien den Trick mit der Gaze durchschaut zu haben und versuchte, jeden Tag, mit Herrn Fischer zusammen, durch die Tür zu schlüpfen. Dann könnte sie ihn nachts, in aller Ruhe, aussaugen.

Aber Herr Fischer war sehr wachsam. Bisher hatte er sie immer rechtzeitig entdeckt.

Da sie sehr aufdringlich war, hatte er sogar versucht, die Mücke mit seinem Gewehr zu erlegen.

Eines abends legte er sich auf die Lauer. Seine Tarnung war perfekt. An der ganzen Kleidung hatte er Zweige befestigt, so dass er fast wie ein echter Baum aussah.

Mit dem Gewehr im Anschlag stand er da. Dann kam sie.

Aber auch die Mücke hatte sich getarnt, schwor Herr Fischer. Sie sah einer Fliege täuschend ähnlich. Doch Herrn Fischer konnte sie nicht täuschen. Er zielte und drückte ab.

Als sich der Rauch verzogen hatte, sah er die Mücke auf dem Lauf seines Gewehres sitzen.

Sie hatte die Beine verschränkt und gähnte gelangweilt. An dieser Stelle bin ich mir aber nicht ganz sicher, ob das nicht doch Jägerlatein ist.

Kurzum, es stellte sich heraus, dass die Mücke zu klein war, um sie mit dem Gewehr zu erlegen.

Nach den Misserfolgen seiner Mückenjagd fühlte sich die Mücke so sicher, dass sie immer dichter heranflog. Herr

Fischer meinte, sogar sehen zu können, wie sie ihm die Zunge aussteckte.

Zum Glück fiel ihm aber noch rechtzeitig ein, dass Mücken keine Zunge haben. Aber der Mückenrüssel, den sie einem in die Haut stechen, um das Blut auszusaugen, ist schon furchteinflößend genug.

Ganz verrückt wird Herr Fischer jedoch, wenn er dieses nervenzerreißende Summen des Mückenfluges hört.

Und dann war es soweit. Herr Fischer weiß bis heute nicht, wie ihr das gelungen ist. Plötzlich hörte er die Mücke in seiner Hütte.

Dieses „sssssssss" wirkte bedrohlich auf ihn. Ihm lief eine Gänsehaut den Rücken hinunter.

So sehr er sich auch anstrengte, sie war nicht zu entdecken. Er hörte nur dieses „sssss".

Er zitterte schon, wenn er nur daran dachte, dass er auch mal schlafengehen muss, denn nachts hatten die Mücken ihre größten Erfolge.

Doch bis dahin war noch etwas Zeit. Er traf also seine Vorbereitungen.

Zunächst durchsuchte er jeden Winkel des Hauses, um die Mücke vielleicht doch noch zu erwischen. Immer wenn er dachte, er wäre in ihrer Nähe, hörte das Summen auf. Doch von der Mücke war nichts zu sehen. So zog er stundenlang, mit der Fliegenklatsche bewaffnet, durch alle Zimmer.

Da, plötzlich hörte er einen Ton, direkt neben seinem Ohr. „sssssssss".

Blitzschnell drehte er sich um. Und da sah er sie. Ein prächtiges Exemplar. Mit hungrigen Augen schaute sie ihn an, wohl überlegend, wo sie den ersten Stich ansetzen wird.

Aber jetzt, da er sie ausgemacht hatte, ließ er sie nicht mehr aus den Augen.

Irgendwann werden sie die Kräfte verlassen und sie wird sich hinsetzen, um sich auszuruhen. Dann würde er zuschlagen. Es dauerte sehr lange. Standhaft hielt er den Arm mit der Fliegenklatsche hoch.

Endlich setzte sie sich auf den Lampenschirm der Nachttischlampe. Er holte zu einem entsetzlichen Schlag aus, um der Mücke den Garaus zu machen.

Wumm, der Hieb hatte gesessen. Mit voller Wucht sauste die Fliegenklatsche auf den Lampenschirm, so dass die ganze Lampe in tausend Scherben auseinanderbrach.

Unter den Trümmern suchte Herr Fischer verzweifelt, nach den Überresten der Mücke.

Doch er fand sie nicht. Sollte sie ihm etwa wieder entwischt sein?

Die Mücke schaute unterdessen verwundert zu, was Herr Fischer dort trieb. Anmutig erhob sie sich zu ihrem Siegesflug und Herr Fischer hörte wieder dieses „ssssss", was ihm wiederum die Gewissheit gab, dass die Mücke entkommen war.

Er kehrte also die Reste seiner Nachttischlampe zusammen und warf sie in den Müll.

Dummerweise hatte er dabei beide Hände voll und die Mücke vollkommen aus den Augen verloren.

Darauf hatte die nur gewartet. Sie setzte zum Sturzflug an und bohrte Herrn Fischer ihren Rüssel, von hinten, in den Hals. Vor Schreck ließ er alles fallen. Er konnte die Mücke nur noch bei ihrer erfolgreichen Flucht beobachten.

Er bildete sich ein, die Mücke lachen zu hören: „ss..ss..ss".

Wutentbrannt stürzte er ihr, wild um sich schlagend, hinterher, mit dem einzigen Erfolg, dass er die Gardine herunterriss. Schlimmer noch, er verlor die Mücke wieder aus den Augen.

Die Nacht brach herein und Herr Fischer hatte die Mücke immer noch nicht ausmachen können. Also beschloss er, schweren Herzens, den Weg ins Bett anzutreten.

Vorerst löschte er das Licht nicht.

Auf den Nachttisch, neben dem Bett, stellte er ein Glas voll Sirup, in der Hoffnung, dass die Mücke diesem Leckerbissen nicht widerstehen kann und darin ertrinkt.

Mit beiden Händen hielt er krampfhaft die Fliegenklatsche fest und wartete. Aber sein Mückenstich plagte ihn wieder, so dass er seine Waffe weglegte und sich ausgiebig den Hals kratzte. In diesem Moment setzte sich die Mücke auf das Sirupglas. Sie machte aber keine Anstalten, davon zu trinken. Als Herr Fischer merkte, dass seine Sirupfalle nicht funktioniert, wollte er wenigstens die Gunst der Stunde nutzen und einen letzten Schlag, gegen seinen schlimmsten Feind führen. Hektisch ergriff er wieder seine Fliegenklatsche und schlug zu.

Was er mit Sicherheit sagen konnte: Er hatte das Glas getroffen. Während es umstürzte, ergoss sich sein klebriger Inhalt auf Bett und Schlafanzug. Warum konnte es nicht zur anderen Seite umfallen?

Für Herrn Fischer setzte sich sein Leidensweg fort.

Während er die Bettwäsche und den Schlafanzug wechselte, kratzte er sich immer wieder den Hals, um den ständigen Juckreiz, wenigstens zeitweise, zu unterbrechen. Doch das Schlimmste kam, als er seinen Schlafanzug wechselte. Kaum hatte Herr Fischer die Hose ausgezogen, lockte sein Po die Mücke an.

Völlig unvorbereitet traf ihn der Mückenstich mitten in die rechte Pobacke. Verzweifelt stieß Herr Fischer einen Schrei aus, der eher an Wolfsgeheul erinnerte, als an den Schrei eines Menschen. Es war die Wut, die aus ihm herausbrach.

Verzweifelt und erschöpft legte sich Herr Fischer nieder. Er hoffte, dass ihn die entsetzlichen Fluggeräusche der Mücke, aus dem Schlaf reißen werden, um weiteren Beulen vorbeugen zu können. Der Morgen weckte ihn und sofort meldete sein Körper, dass ihm die Nacht drei neue Mückenstiche beschert hat. So wie der gestrige Tag endete, so begann auch dieser.

Herr Fischer kratzte sich und seine Qualen stiegen ins Unermessliche.

Inzwischen hatte er einen Mückenstich am Hals, am Po, am rechten Bein, am Kinn und schrecklicherweise auch auf der Fußsohle, wo man sich so schlecht kratzen kann. Es sah aus, als ob Herr Fischer Morgengymnastik machte, wenn er der Reihe nach an allen Mückenstichen kratzte.

Die Mücke saß ausgeruht und gesättigt auf der Gardinenstange und sah dem seltsamen Treiben des Herrn Fischer belustigt zu. Hier fühlte sie sich wohl.

Herr Fischer ging wieder in den Wald, auf die Jagd. Er konnte jedoch nicht ein einziges Tier erlegen, weil er sich ständig kratzen musste. Nur den Mückenstich an der Fußsohle konnte er nicht kratzen, weil er zu faul war, sich alle fünf Minuten die Schuhe auszuziehen.

Seltsamerweise hörte aber gerade dieser Stich, nach einer Weile von ganz alleine auf zu jucken. Aber das merkte Herr Fischer nicht. Es waren ja noch genug andere Stiche vorhanden.

Er beschloss, in die Stadt zu gehen, um sich Anti-Mückensalbe zu kaufen.

Unterwegs sah er einen Jungen, der mit einer Zwille und Erbsen auf eine Zielscheibe schoss.

Erstaunlicherweise traf der Junge ausgezeichnet, so dass Herr Fischer Hoffnung schöpfte, damit die Mücke zu erlegen. So kaufte er dem Jungen die Zwille ab und setzte seinen Weg fort. Die Leute sahen ihn seltsam an, weil er sich immer wieder am Po kratzte, aber das registrierte Herr Fischer nicht. Er kaufte sich die Anti-Mückensalbe und schmierte seinen gesamten Körper damit ein, was sonst kein normaler Mensch tut. Herr Fischer stank so entsetzlich, dass ihm alle Hunde des Ortes hinterherliefen und jeder Mensch den er traf, einen großen Bogen um ihn machte.

Er betrat seine Hütte erst, als es dunkel wurde. In ihm war der Jagdinstinkt erwacht.

Aber auch die Mücke wartete auf ihn. Sie wunderte sich schon, wo er bleibt, und hatte großen Hunger.

Herr Fischer legte sich sofort ins Bett. Er ließ das Licht an, legte die Zwille und die Erbsen zurecht und wartete auf die Mücke.

Er hatte Glück. Kurze Zeit später machte sich die Mücke auf den Weg, um ihr Abendessen einzunehmen. Freudestrahlend verfolgte er ihren den Anflug. In Ruhe spannte er die Zwille, zielte und schoss. Plötzlich gab es einen Knall und es wurde stockdunkel.

Hätte er nicht selbst gesehen, dass sich die Mücke auf ihn stürzen wollte, so hätte er geschworen, die Mücke hat das Licht ausgemacht. So aber, musste es eine andere Ursache geben. Herr Fischer sprang aus dem Bett, um eine Taschenlampe zu holen, als ihn ein entsetzlicher Schmerz im Fuß stoppte. Er kam ins Stolpern, schlug mit dem Kopf gegen die Tür und konnte von Glück sagen, dass er sich beim Sturz nur zwei Zähne ausgeschlagen hatte.

Sollte die Mücke seinen Fuß .....? Nein, dafür war der Schmerz zu groß. Er humpelte ins Nebenzimmer, um Licht anzuschalten. Der Schein erhellte auch seine Schlafkammer. Nun sah er, was passiert war.

Mit der Zwille hatte Herr Fischer die Glühbirne der Deckenlampe zerschossen und ist anschließend in ihre Scherben getreten, wobei er sich den Fuß furchtbar zerschnitten hatte.

Nachdem er seinen Fuß notdürftig versorgt und seine Zähne eingesammelt hatte, legte er sich schlafen. Morgen, in aller Frühe, wollte er nachhause gehen, um nicht mehr wiederzukommen.

Er legte sich hin und schlief sofort ein.

Als wenn die Mücke geahnt hätte, dass es ihre letzte Chance ist, um sich an Herrn Fischer satt zu essen, nutzte sie diese Nacht.

Herr Fischer erwachte mit unzähligen Mückenstichen, die er durch seine Kratztechnik zu prächtigen, dicken Beulen reifen ließ.

Besonders komisch sah die Beule auf seiner Nasenspitze aus.

Wer ihn sah, dachte, dass er eine gefährliche, ansteckende Krankheit mit sich herumschleppt. Sollte das wirklich sein Ende sein?

Als sich Herr Fischer im Spiegel betrachtete, fragte er sich, wie viel Mückenstiche ein Mensch wohl aushalten kann. Er war sich sicher, der nächste Stich würde tödlich sein.

Als er aufsah, entdeckte er die inzwischen dickgefressene Mücke, der schon wieder das Wasser im Rüssel zusammenlief.

Panikartig verließ er die Hütte und ließ die Mücke zurück, die ihm traurig nachblickte.

Zuhause angekommen gab er sofort eine Anzeige in der Zeitung auf:

Biete 500,- Euro Belohnung für die Beseitigung einer gefährlichen, riesigen Mücke!

Jeder, der die Anzeige las, hielt sie für einen Scherz. Nur ein kleiner Junge, der noch an Wunder glaubte, meldete sich bei Herrn Fischer, um sein Glück zu versuchen.

Sie fuhren zur Hütte hinaus, wo er dem Jungen, die große Mücke zeigen wollte.

Inzwischen war die Mücke so stark abgemagert, dass sie Herr Fischer nicht entdecken konnte. Ganz deutlich vernahm er aber wieder dieses „ssssss".

Der kleine Junge wies Herrn Fischer an, die Fensterläden von außen zu schließen. Er brauchte Dunkelheit. Obwohl er noch ein Knirps war, hatte er schon genug Erfahrungen mit Mücken. Er wusste, dass die Mücken ihren Flug bei Dunkelheit unterbrechen, sobald plötzlich Licht gemacht wird. Also stellte er sich in den dunklen Raum, wartete, bis das Fluggeräusch zu hören war und schaltete dann das Licht an.

Mit der Fliegenklatsche in der Hand näherte er sich ganz langsam der Mücke, die sich an der Wand niedergelassen hatte, führte die Klatsche, in Zeitlupe, ziemlich nah an die Mücke heran und schlug blitzartig zu.

Herr Fischer gab dem Jungen sein Geld und nahm die Mücke vorsichtig von der Wand.

Sie war gut erhalten. Er beschloss, seinen größten Feind, das gefährlichste Tier unseres Landes, ausstopfen zu lassen. Jetzt hat diese Mücke einen Ehrenplatz direkt neben dem großen Geweih. Sie ist der ganze Stolz seiner Trophäensammlung.

Und jedem erzählt Herr Fischer die Geschichte von der Mücke, die ihn fast getötet hätte.

Was Herr Fischer jedoch verschweigt, ist die Tatsache, dass dieses gefährliche Tier, von einem kleinen Jungen erlegt worden war.

Drachen, flieg mit mir

Ingo war ein Junge aus der 2. Klasse. Seine Eltern sind beide arbeitslos. Sie können es sich nicht leisten, einen Computer oder diese Spielkonsolen zu kaufen. Auch ein eigenes Handy besaß er nicht.

Sein Taschengeld fällt viel geringer aus, als bei seinen Schulkameraden.

Wenn Ferien sind, sitzt Ingo meist allein auf dem Spielplatz, weil seine Freunde mit ihren Eltern in den Urlaub gefahren sind. Auch das können sich Ingos Eltern nicht leisten.

Es wäre ja alles nicht ganz so schlimm für ihn, wenn die anderen Kinder nicht ständig damit angeben würden. Laufend erzählen sie, was sie alles haben und was für tolle Ferien sie hatten.

Ingo ging in den Keller und schaute sich etwas um. Sein Vati hat hier viele Stunden mit ihm verbracht. Dann saßen sie und haben getüftelt und gebastelt.

Ingo konnte schon ganz gut mit Vatis Werkzeug umgehen. Ob das die Jungs vor ihren Computern auch können?

Plötzlich packte ihn wieder Lust, etwas zu basteln. Er durfte Vatis Material benutzen.

Die Reste hatte er immer in eine Ecke gestellt, die nur für Ingo da waren.

Ingo nahm sich Leisten, Band, Papier und Kleber und begann einen Drachen zu basteln. Leider waren nur noch kleine Reste von Farben da, so dass der Drachen nicht allzu bunt wurde.

Die meisten Kinder seiner Klasse hatten sich einen Drachen kaufen lassen, wo tolle Bilder drauf sind, erinnerte sich Ingo. Aber seinen Drachen hatte er ganz alleine gebastelt und das machte ihn doppelt schön.

Es war längst Zeit zum Abendessen und seine Mutti suchte ihn schon eine Weile.

Beim Basteln hatte Ingo glatt die Zeit vergessen, so viel Spaß hatte er daran.

Schließlich fiel der Mutter der Keller ein, wohin Ingo sich gelegentlich zurückzog. Als sie ihn dort fand, wollte sie schon wütend schimpfen, weil er nicht pünktlich nachhause gekommen war.

Doch als sie sah, wie schön er seinen Drachen gebastelt hatte, lobte sie ihn, gab ihm ein Kuss auf die Stirn und bat ihn, beim nächsten mal Bescheid zu sagen.

Gleich am nächsten Morgen wollte Ingo auf die große Wiese gehen und seinen Drachen steigen lassen.

Ingo war kaum zu halten. Er schlang sein Frühstück hinunter und machte sich mit seinem Drachen auf den Weg zur Wiese.

Er war ganz alleine dort. Es wehte ein kräftiger Wind.

Ingo freute sich, dass sein Freund, der Wind, extra wegen ihm gekommen war.

Er rief: „Hallo Wind, trage meinen Drachen so hoch du kannst!"

Ingo rannte los und je mehr Schnur er nachgab, um so höher stieg sein Drachen.

Aber sehr hoch konnte er nicht steigen, weil Ingo im Keller nicht genug Schnur gefunden hatte.

Traurig stand er da, sah seinen Drachen an und dachte: Sogar mein Drachen kann nicht soweit fliegen, wie die der anderen.

Ingo überlegte gerade, wo die Klassenkameraden ihre Ferien verbringen, als der Drachen mit einem kräftigen Ruck zu ziehen begann.

Sehnsuchtsvoll rief Ingo: „Nimm mich mit, Drachen, flieg mit mir davon!"

Plötzlich wurde der Wind so stark, dass sich der Drachen hoch in die Lüfte erhob und Ingo hinter sich herzog. Die Schnur wickelte Ingo ein, wie eine Roulade, so dass er nicht abstürzen konnte. Und weiter ging die Reise. Der Drachen flog und flog.

Merkwürdigerweise hatte Ingo gar keine Angst.

Er merkte, dass sie schon viele Länder überquert hatten.

Plötzlich ging der Drachen tiefer und zog über eine Einkaufsstraße dahin. Ingo traute seinen Augen nicht. Dort unten sah er seinen Klassenkameraden Till. Seine Mutter zerrte ihn durch die Straßen und stürzte in fast jedes Geschäft, um etwas einzukaufen.

Till maulte. Er wollte in seinen Ferien lieber spielen und toben, doch die Einkäufe waren wichtiger. Seine Mutter pflegte dann immer zu sagen: „Ich bin doch nicht der Sklave meiner Kinder!", und schleppte Till weiter.

„Dafür darfst du morgen mit uns ins Museum gehen", sagte sie.

Das ist also der Spanienurlaub, auf den sich Till so gefreut hatte.

Bestimmt bekommt Till wieder ein teures Spielzeug, damit er Ruhe gibt, dachte Ingo.

Der Drachen stieg wieder in die Höhe und kam bald an einen langen, herrlichen Strand.

Mittendrin entdeckte Ingo Petra.

Sie nervte ihre Eltern, die in der Sonne lagen und versuchten, braun zu werden. Petra bettelte, dass sie mit ihr spielen, es sei so langweilig. Doch sie bekam nur zur Antwort, dass die Eltern schließlich auch Urlaub hätten und sie alt genug sei, allein zu spielen.

Ingo schaute zum Drachen und sah, wie dieser grinste, um sich im nächsten Augenblick wieder in die Lüfte zu erheben.

Er flog erneut über fremde Länder. Ingo sah noch viele seiner Schulkameraden.

Es waren nur wenige Kinder, die er um ihre Ferien beneidete.

Gerd musste immer wieder wandern, obwohl ihm die Füße schon lange wehtaten.

Ines sass den ganzen Tag im Hotel herum, weil es in Strömen regnete.

Alfreds Eltern fuhren viel mit dem Auto herum, so dass er die meiste Zeit im Stau verbrachte und den anderen Kindern erging es ähnlich.

Ingo merkte gar nicht, wie ihn der Drachen plötzlich wieder zu Hause auf der Wiese absetzte, so war er in seinen Gedanken versunken.

Er sah auf die Uhr. Es wurde Zeit für den Heimweg.

Die Zeit mit seinem Drachen war wie im Fluge vergangen.

Nach dem Mittag zog Ingo mit seinen Eltern zu einem kleinen Spaziergang los.

Im Park gab es dann das große Fußballspiel Vater gegen Sohn. Mutti war Schiedsrichter.

Es war ein schöner Ferientag.

Die Ferien waren zu Ende und aufgeregt erzählten die Kinder von ihren Ferienerlebnissen.

Jeder wollte den anderen übertrumpfen.

Auch Till, Petra, Gerd, Ines und Alfred gaben mächtig an, wie sagenhaft schön ihr Urlaub gewesen sei.

Obwohl den Kindern bekannt war, dass Ingo nicht verreisen konnte, fragten sie hinterhältig:

„Und wie waren deine Ferien?"

Ingo dachte an seinen Drachen, lächelte nur und sagte: „Schön".

Der wahre Froschkönig

Ihr denkt, ihr kennt das Märchen vom Froschkönig?
Haltet ihr es wirklich für möglich, dass eine Prinzessin, im Märchen, für eine böse Tat belohnt wurde?
Ich nicht.

Hört also, wie es sich damals abspielte:

Es war zur Zeit des bösen Zauberers Buba.
Buba hatte eine große Wut im Bauch, wenn er an Prinzen dachte.
Jedes Mädchen auf der Welt träumte davon, einen Prinzen zu heiraten. Da war es egal,
ob er dick oder dünn, klug oder dumm war. Es musste eben ein Prinz sein.
Und darum singen die Prinzen heute noch: „Ich werde immer schöner durch mein Geld!"
Aber kein einziges Mädchen hatte den Wunsch, einen Zauberer zum Mann zu nehmen, auch nicht den feschen Buba.

Darüber war Buba so ärgerlich, dass er alle Prinzen der Gegend in Frösche verwandelte. Da sich jedes Mädchen, das was auf sich hält, vor den glitschigen Fröschen ekelt, war es die perfekte Strafe. So wird sich keines von ihnen mehr, nach ihnen sehnen.

Um das Maß vollzumachen, hatte der böse Zauberer eine Bedingung an die Erlösung jedes Prinzen geknüpft.
Nur derjenige, dem es gelingt, in einem Mädchen die Liebe für sich zu erwecken, wird seine menschliche Gestalt wieder erlangen.
Da alle Prinzen auf einen stolzen Gang Wert legen, hüpften die Prinzenfrösche nicht, sondern watschelten, wie eine Ente. Es war unter ihrer Würde, sich wie einfache

Frösche zu bewegen. So war es nur eine Frage der Zeit, bis sich zwei Prinzenfrösche begegneten.

Da sie sprechen konnten und nicht nur, wie andere Frösche, quaken, beschlossen die beiden Prinzen zusammenzubleiben, damit es nicht zu langweilig wird.

Weil ein Prinz aber nur eine Prinzessin heiraten darf, beschlossen die beiden Frösche, in den Schlossgarten eines gutmütigen Königs zu ziehen, der zwei Töchter hatte.

Dort lebten sie von nun an, in einem Brunnen, wohin sie gelegentlich die jüngste Prinzessin schreiten sahen.

Sie war so schön, dass sich selbst die Sonne neidisch versteckte, wenn sie erschien.

Beide Prinzen verliebten sich sofort in sie.

Sie wetteiferten darin, der Prinzessin zu gefallen, und führten die wildesten Tänze auf dem Rand des Brunnens aus oder watschelten wie ein Schwan den Schlossweg entlang. Aber da die Prinzessin Frösche hasste, erreichten sie nicht mehr, als dass sie mit Steinen nach ihnen warf.

Eines Tages, als sie erneut ihre Tänze auf dem Brunnenrand ausführten, warf die Prinzessin, in Ihrer Wut, ihre goldene Kugel nach ihnen. Doch da sich beide Prinzen gleichzeitig duckten, traf sie keinen von ihnen und die Kugel fiel ins glasklare Wasser.

Nun gut, die Kugel war nur vergoldet. Aber sie sah wirklich echt aus, so dass die anderen Prinzessinnen neidvoll schauten, wenn sie mal zu Besuch kamen.

Da es aber das Lieblingsspielzeug der Prinzessin war, setzte sie sich an den Brunnenrand und fing fürchterlich an, zu weinen.

Die Tränen der Prinzessin trübten das glasklare Wasser, so dass sie, nur mit Mühe, die Frösche erkennen konnte, die mit ihrer Kugel Fußball spielten. Als sie bemerkten, dass die Prinzessin weinte und zu ihnen hinunterblickte, hielten sie inne und sahen sehnsüchtig zu ihr auf.

Sie witterten ihre große Chance. Schnell losten sie aus, wer zuerst sein Glück versuchen darf. Nachdem dies geklärt war, sprang der Sieger auf den Brunnenrand und fragte, was er bekäme, wenn er die Kugel für sie heraufholen würde.

Die Prinzessin dachte, der Frosch spinnt. Ein Frosch kann doch nicht reden.

Ihr war klar, dass er ein Betrüger ist, der nur so tut, als ob er sprechen kann.

Ihr seht, Prinzessinnen sind gelegentlich schön, aber nicht immer klug.

Sie beschloss, so zu tun, als glaube sie ihm und sagte:

„Du bekommst, was du willst, wenn du mir meine goldene Kugel bringst."

Der Frosch wollte kein Risiko eingehen. Es wäre fatal, sofort den erlösenden Kuss zu fordern. Was wäre, wenn sie ihn abwiese, dann würde der andere Prinz um die Prinzessin werben. Also sagte er ihr, dass er immer bei ihr bleiben wolle. Alles, was sie täte, möchte er mit ihr zusammen machen. Er hoffte, dass sie sich irgendwann in ihn verlieben würde, wo er doch so ein eleganter Frosch war.

Die Prinzessin versprach, was er wünschte und dachte nicht im Traum daran, seinen Wunsch zu erfüllen. Hauptsache sie bekommt ihre Kugel wieder.

Die beiden Frösche trugen gemeinsam die Kugel an die Wasseroberfläche, so dass die Prinzessin sie ergreifen konnte. Diese nahm ihr Spielzeug und war augenblicklich verschwunden.

Der Frosch watschelte hinterher und kam nach geraumer Zeit am Schloss an.

Die Tür war natürlich zu und so schrie der Frosch aus Leibeskräften nach der Prinzessin:

„Königstochter, Jüngste, mach mir auf. Hast Du vergessen, was du mir versprochen hast?"

Da sie nicht reagierte, rief er diesen Satz immer wieder.

Das hörte der König, der ein Gutmütiger war und fragte die jüngste Tochter, was das zu bedeuten habe.

Ihr wurde sofort klar, dass der Frosch doch kein Betrüger sein konnte, wenn der Vater ihn auch hören kann. Also erzählte sie ihm ihre Geschichte, in der Hoffnung, dass er ebenfalls keine Frösche mag.

Aber der König sagte: „Habe ich dir nicht beigebracht, dass man immer seine Versprechen einhalten muss? Ganz besonders in diesem Fall, denn der Frosch hat dir in der Not geholfen."

Endlich war er am Ziel. Er durfte mit der Prinzessin essen, mit ihr spielen, Schularbeiten machen, die Zähne putzen und vieles mehr.

Es war ein anstrengender Tag für den kleinen Frosch. Da er der Prinzessin überall hinterherlief und ihm nur sehr kleine Schritte möglich waren, ging ihm bald die Puste aus. Außerdem achtete er stets darauf, dass er vornehm watschelt. Davon bekam er Muskelkater. Wie froh war er, als der König die Prinzessin ins Himmelbett schickte.

Die Erlösung schien nahe. Obwohl sie ihn, den ganzen Tag über, beschimpft und geschubst hatte, während sie sich mit ihm beschäftigen musste, fasste er den Mut die alles entscheidende Forderung zu stellen. Schließlich war der König auf seiner Seite.

„Nun, Königstochter", sagte er „lass uns schlafen gehen. Gib mir meinen Gute-Nacht-Kuss und dann hüpfen wir ins warme Bettchen".

Er spitzte seinen Froschmund zum Kuss und erwartete hoffnungsvoll und siegessicher die Erlösung.

Diese Frechheit erboste die Prinzessin so sehr, dass sie den Frosch in die Hand nahm und mit voller Kraft an die Wand ihres Schlafgemaches warf.

Der Frosch zerplatzte wie eine Seifenblase und bespritzte die angeekelte Prinzessin im Gesicht und auf dem Kleid. Durch einen wundersamen Zauber fand sich der Prinzenfrosch plötzlich, im Körper der Prinzessin wieder. Hatte der Zauberer eine Strafe für böse Prinzessinnen eingebaut?

Die Königstochter jedoch, befiel der Zauber, der auf dem Frosch gelegen hatte. Sie erhielt dessen Gestalt und hüpfte augenblicklich als Frosch herum, der nur erlöst werden kann, wenn sich eine Prinzessin in ihn verliebt.

Der Frosch aber, der jetzt in der Prinzessin steckte, erinnerte sich, dass im Brunnen der andere verwunschene Prinz saß. Er lief eilig zu ihm, gab ihm einen Kuss und erlöste ihn damit. Dadurch wurde er selbst ein zweites Mal von einem Zauber befreit, indem er den Körper der Prinzessin verließ und seinen eigenen zurückbekam. Die beiden Prinzen reisten sofort in ihre Königreiche und es wurde ein großes Fest gefeiert.

Zurück blieb die Froschprinzessin, die von nun an im Brunnen lebte.

Natürlich fand sie keine Prinzessin, die sich in sie verliebte, nicht einmal ihre Schwester.

Wer mag schon so einen bösartigen Frosch.

Der König suchte überall seine Tochter, doch sie blieb verschwunden. Dass ihm in letzter Zeit ständig ein Frosch hinterherrannte, der behauptete, seine Tochter zu sein, erzürnte ihn derart, dass er vermutete, dieser Zauberfrosch sei am Verschwinden seiner Tochter schuld. Er übergab diese lästige Kreatur dem Koch. Da ihm der französische König von leckeren Froschschenkelgerichten erzählt hatte, gab er den Auftrag, dieses Gericht am nächsten Tag zu servieren.

Mit Müh' und Not konnte die Froschprinzessin dem Koch entkommen, als er kurz unaufmerksam war. Sie folgte ihrem Vater nun nicht mehr. Ein zweites Mal wird sie nicht so ein Glück haben. So watschelt sie noch heute als Frosch herum und hofft, durch einen Kuss erlöst zu werden.

Rettet die Geister

Ihr glaubt, es gibt keine Geister?
Ich habe auch nicht daran geglaubt, bis ich sie kennenlernte.
Sie heißt Elise. Eigentlich ist Elise unsichtbar.
Sie wohnte nicht in einem Schloss oder in einem normalen Haus. Nein, sie wohnte in den Kindern, die eine reine Seele haben.

Diese Kinder waren Elises Haus. Hatte sie eines gefunden, das weder bösartig, noch gemein oder egoistisch war, sondern lieb, höflich, hilfsbereit und tierlieb, so zog der Geist „Elise" bei ihm ein.

Elise konnte sich so verkleinern, dass sie ganz oben, neben dem Gehirn der Kinder, lebte. Nur die lieben von ihnen, hatten so eine Ausstrahlung, dass sie das Leben mit ihr ermöglichte. Der Platz neben dem Gehirn war ideal. Alle Informationen, die Erfahrungen, die Bilder, die Geräusche und die Gefühle erlebte Elise mit, sobald sie in's Gehirn hineinsah.
Wandelte sich das Kind zu einem bösen Kind oder wurde es erwachsen, war der gute Geist Elise gezwungen, den Körper zu verlassen und sich einen Neuen zu suchen.

Im letzten Kind, in dem sie viele Jahre gewohnt hatte, war es sehr angenehm. Elise verstand sich gut mit ihm und half gelegentlich mit guten Tipps aus.
Aber das Kind wurde erwachsen und Elise sucht, seit dem, vergebens nach einem lieben Kind. Sie sucht schon 3 Jahre lang, ohne Erfolg.
Man könnte sagen, Elise ist obdachlos.

Ich fand sie zitternd in meiner Zuckerdose. Sie hatte vor lauter Trauer vergessen, sich unsichtbar zu machen, so dass ich sie darin hocken sah.

Weinend erzählte mir Elise ihre ganze Geschichte.

Zuerst versuchte sie es bei Ralf. Es war ein netter Junge, als sie ihn traf.

Ralf wusch sich regelmäßig, putzte immer seine Zähne, wenn es nötig war, und popelte nur, wenn niemand zusah. Elise war begeistert und zog sofort ein. Sie machte es sich neben dem Gehirn bequem und schaute in Ruhe nach, wie es in ihrem neuen Heim aussieht.

Ihre Wohnung „Ralf" ist also schon 5 Jahre alt und hat eine kleine Schwester. Nachdem sie alles angeschaut hatte, machte sie gleich etwas sauber.

Sie fand ein paar Schimpfworte, die sie vom Gehirn sofort zum Ohr hinausfegte.

Sie dachte sich nichts weiter dabei, schließlich ist man nicht gleich ein schlechtes Kind, wenn man ausnahmsweise mal ein Schimpfwort, wie z.B. „Blödmann", sagt.

Sie schmiss alle Schimpfworte hinaus und legte dafür Neue hinein, z.B.

„Nudelpudel" und „Schmusewusel".

Ralf würde jetzt nicht mehr „Blödmann" sagen können.

Beispielsweise würde er jetzt sagen:

„Verschwinde, du Schmusewusel". Elise fand das lustig.

Ralf merkte sofort, dass etwas nicht stimmte. Er war ein Junge, der beim Spielen mit anderen Kindern, immer der Bestimmer sein wollte.

Wenn es nicht nach seiner Nase ging, holte er gewöhnlich seinen ganzen Tierpark heraus und beschimpfte die Kinder mit „Affe", „Sau" und den vielen anderen Schweinereien, mit denen böse Kinder eben schimpfen.

Doch diesmal war's verflixt. Er versuchte gerade, Holger zu beschimpfen und zu sagen: „Du blöder Affe, mit dir spiel' ich nicht mehr."

Als er aber im Kopf nach dem Wort ‚blöd' suchte, war es nicht mehr da und so sagte er: „Du Knuddel-wuddel-Affe, mit dir spiel ich nicht mehr" und Elise schickte mit seiner Stimme noch hinterher: „Und nicht weniger".

Holger grinste und Ralf ärgerte sich. Wie konnte das passieren?

Er suchte nochmals in seinem Gedächtnis. Den Affen fand er, aber was ist schon ein Affe, wenn man nicht blöd davorsetzen kann. Da ärgert sich doch keiner drüber.

Ralf suchte aufgeregt nach anderen Schimpfworten, aber nicht ein Einziges fand er.

Wütend rannte er davon. Er brauchte die Schimpfworte. Das Leben ist ohne sie, für ihn, keine rechte Freude.

Also tat er, was er schon oft getan hatte. Er lief zu den anderen bösen Kindern, die zwar nicht vernünftig spielen konnten, aber dafür herrliche Schimpfworte kannten.

Keine fünf Minuten waren vergangen und es prasselten so viele Schimpfworte auf Elise nieder, dass sie darunter total begraben wurde. Mit letzter Kraft arbeitete sich Elise bis zum Ohr vor, um den bösen Ralf, so schnell wie möglich, zu verlassen. Sie war kaum draußen, da kamen schon die nächsten Schimpfworte angeflogen und hätten sie bestimmt zerdrückt, wenn die Flucht nicht gelungen wäre.

Da saß Elise nun und hatte kein zu Hause mehr.

Wo war jetzt, auf die Schnelle, ein liebes Kind zu finden?

Plötzlich hörte sie ein Kind weinen. Schnell huschte Elise in die Richtung, aus der sie das Geräusch vernahm. Ulla saß in der Sandkiste und heulte, dass sogar die Hunde vor Mitleid mitheulten. Elise dachte sich, dass Ulla bestimmt böse behandelt wurde. Vielleicht hat sie Glück und Ulla ist ein liebes Mädchen.

Schnell quartierte sich Elise in Ullas Kopf ein. Nach der Aufregung schlief Elise sofort ein. Es dauerte nicht lange und Elise wurde durch schrille Schreie und ein alt bekanntes Geräusch geweckt.

Ulla weinte wieder. Was war nur los?

Elise schaute schnell in Ullas Gehirn und sah die Bescherung.

Ulla versuchte, einem Mädchen ihre Puppe wegzunehmen, weil die viel hübscher als ihre eigene war. Natürlich wehrte sich das Mädchen und schrie entsetzlich. Schließlich gelang es der Kleinen, die Puppe zurückzuerobern und Ulla setzte sich ärgerlich auf ihren Hintern, um ihre ganze Kunst des Weinens vorzuführen.

Ulla beherrschte das so gut, dass sie sofort Mitleid erweckte. Eine vorbeikommende Mutti dachte, Ulla unbedingt helfen zu müssen. Als Ulla auch noch berichtete, dass das Mädchen ihre Puppe weggenommen hat, schimpfte die fremde Mutti fürchterlich mit dem armen Mädchen, was Ulla wiederum erfreute. Dabei vergaß sie sogar das Weinen.

Elise erkannte sofort, dass Ulla eine der gefährlichsten Waffen beherrschte, die kleine Kinder haben - die Lüge und das Weinen.

Viele Erwachsene sind schon darauf hereingefallen und behandelten dadurch andere Kinder ungerecht.

Bereits das nächste Weinen, das Ulla erschallen ließ, schleuderte Elise aus ihrem Kopf hinaus und sie stand wieder ohne Wohnung da.

So ging es all die Jahre weiter.

Bei Frank konnte sie nicht bleiben, weil er seinen Eltern nie gehorchte, obwohl er gute Eltern hatte.

Bei Elke konnte sie nicht bleiben, weil sie ständig andere Kinder schlug.

Bei Paul konnte sie nicht bleiben, weil er sehr oft seine Schularbeiten nicht erledigte. Um der Bestrafung zu entgehen, log er ständig die Eltern und die Lehrer an.

Es gab keine lieben Kinder mehr. Wo sind sie nur geblieben, fragte sich Elise. Sie fand jedoch keine Antwort. Suchte sie vielleicht an den falschen Orten?

Nun saß Elise bei mir zu Hause rum. Sie weiß nicht mehr, wo sie suchen soll.

Jetzt fragt sie mich: „Gibt es denn keine lieben Kinder mehr?"

„Aber natürlich gibt es die", sage ich.

Ich überlege angestrengt, welches Kind ich kenne, von dem ich sagen könnte, dass es ein liebes Kind ist.

Kennt ihr zufällig ein Kind, das nicht lügt, nicht haut, das mit anderen teilt, das hilfsbereit und fleißig ist? Kennt ihr ein Kind, das außerdem höflich und ordentlich ist und auch die Tiere achtet?

Kennt ihr so ein Kind, das nicht fernseh- oder computerkrank ist, das richtig die Straße überquert, sich gründlich Zähne und Nase putzt und auch sonst nichts Böses tut?

Ich habe Elise in dieses Buch gelegt.

Ihr seht sie nicht? Ihr wisst doch, sie ist unsichtbar.

Hoffentlich liest bald ein liebes Kind diese Geschichte oder hört dabei zu.

Dann findet der gute Geist „Elise", hoffentlich wieder ein „Zu Hause".

Oder ist sie vielleicht schon bei dir eingezogen?

Klaus und Santa Claus

Wenn man sich so seine Gedanken machte, weil der Wunschzettel für den Weihnachtsmann auszufüllen war, die Wünsche so zahlreich im Kopf umherschwirrten und der Zettel so klein war, dann fühlte sich das Leben schon schwer an. Klaus saß mürrisch vor seinem Schreibtisch und konnte sich, trotz Vorfreude auf das Fest, gar nicht so richtig freuen, weil er von seinen Eltern einen kräftigen Dämpfer erhalten hatte. Er soll genau überlegen, was er sich wünscht, da der Weihnachtsmann nicht soviel tragen kann. Außerdem könnten zu teure Wünsche dazu führen, dass man gar nichts oder etwas anderes bekommt.

Er war sich sicher, dass es den Kumpel Weihnachtsmann gar nicht gab. Seine Eltern waren nur zu geizig und wollten ihm nicht kaufen, was er sich wünscht. Viele seiner Spielkameraden besaßen genau das, was er auf den Wunschzettel schreiben wollte. Klaus wünschte sich doch nur ein neues Fahrrad, eine Spielkonsole mit zwei tollen Spielen und ein paar coole Klamotten, mit denen man sich sehen lassen kann. Etwas zum Naschen müsste natürlich auch dabei sein und ein paar Musik-CDs seiner Lieblingsgruppe wären, als kleine Zugabe, nicht zu viel verlangt. Das war doch wirklich nicht viel.

Klaus war stolz auf sich, dass er so klein schreiben konnte und tatsächlich alles auf seinen Wunschzettel passte. Weihnachten konnte kommen. Da er damit nur einen Teil seiner Wünsche aufgeschrieben hatte, war er bescheiden und würde sicher vom Weihnachtsmann, wer immer das auch sei, belohnt werden.

Klaus schlief in den nächsten Tagen sehr ruhig, da seinem Glück nichts mehr im Wege stand. Endlich, nun wurde er doch schon langsam nervös, stand er vor dem Adventskalender und durfte die Tür mit der Nummer 24 öffnen. Heute war Heiligabend und irgendein verkleideter

Nachbar würde ihm heute Abend, als Weihnachtsmann, seine Geschenke bringen, die seine Familie bezahlt hatte. Da war er sich ganz sicher. Dann meldete sich wieder diese Ungewissheit. Hatten seine Eltern vielleicht doch recht? Entscheidet der Weihnachtsmann, welcher Wunsch erfüllt wird. Klaus hatte sich seine Geschenke verdient. Er war, das ganze Jahr über, artig und fleißig, wenn auch die Zensuren in der Schule etwas anderes sagten. Die Lehrer konnten ihn einfach nicht leiden. Und seine Eltern glaubten ihnen mehr, als ihm. Nur weil er manchmal, ... nun ja manchmal etwas oft, sein Zimmer nicht aufräumte und gelegentlich patzig war.

Um der Aufregung zu entgehen, verließ er das Haus. Seinen Freunden erging es ähnlich. Niemand glaubte mehr an den Weihnachtsmann und alle hofften, dass ihre Wünsche erfüllt werden.

„Wenn der Weihnachtsmann nichts rausrücken will, zieh ich ihm den falschen Bart runter und hau ihm was auf die rote Nase. Dann wird der mir gleich den ganzen Sack da lassen.“

Sein Spaß brachte ihm anerkennendes Gelächter seiner Spielkameraden ein. Sie machten sie sich auf die Art gegenseitig Mut, und vertuschten damit ihre Unsicherheit.

Endlich war die Stunde gekommen. Schon den ganzen Tag hatten seine Eltern für Weihnachtsstimmung gesorgt. Der Duft von Kerzen, Tannengrün und Plätzchen vermischte sich zu einem Cocktail, der auch Klaus in seinen Bann zog. Weihnachtsmann hin oder her, es lag etwas Geheimnisvolles in der Luft. Er machte das Spiel gern mit, den wahren Weihnachtsmann zu erwarten, da er mit verführerischen Geschenken ankommen würde. Noch eine Stunde bis zur Bescherung und die Augen der Eltern glänzten heller als die Kerzen. Sie legten ihr Lächeln gar nicht mehr ab.

Klaus spürte, wie sein Herz stark zu klopfen begann, als es an der Tür bummerte. Ihm kam es fast so vor, als wenn er sein Klopfen stärker hörte, als das des Nachbarn Weihnachtsmann.

Mutter schwebte zur Tür und zwinkerte ihm zu, bevor sie öffnete. Und da stand er, der Weihnachtsmann.

Vor zwei Jahren hatte er Pantoffel angehabt. Den Fehler hatten sie dann im nächsten Jahr beseitigt und heute hatte der Weihnachtsmann sogar Schnee an den Stiefeln, obwohl gar kein Schnee lag. Darauf brauchte er seine Eltern nicht ansprechen. Die Erklärung war klar. Der Weihnachtsmann kam aus seinem Wald mit seinen Rentieren und da lag nun mal Schnee. Er konnte die Zeit dehnen, so dass er bei jedem Kind fast zur gleichen Zeit ist, wenn sie es denn verdient haben. Vielleicht war deshalb immer ein Nachbar gekommen, was er allerdings nie beweisen konnte, weil er den richtigen Weihnachtsmann nicht verdient hatte.

Komisch, dass er sich jetzt Gedanken über den echten Weihnachtsmann machte, den es ja gar nicht gab. Doch dieser sah ungeheuer natürlich aus. Klaus musste nicht am Bart ziehen, um zu sehen, dass der weiße Bart nicht angeklebt war. Das gemütliche, freundliche Lächeln des fülligen, alten Mannes wirkte auch echt und nicht gespielt und er sagte auch nicht dieses alberne „Ho, ho, ho"!

„Ist das ungemütlich draußen", begann er nach der Begrüßung und schien sich echt zu freuen, in ihrer warmen Wohnung gelandet zu sein.

„Möchten Sie eine Tasse Tee und etwas Gebäck", stotterte seine Mutter, die irgendwie überrascht wirkte.

„Nein, nein, gute Frau. Ich habe es etwas eilig. Es warten noch viele Kinder auf mich und bei den Letzten habe ich mich schon zu sehr aufhalten lassen."

Klaus betrachtete argwöhnisch den schlaffen Weihnachtsmannsack, der unmöglich all seine Geschenke beinhalten konnte, zumal daraus auch immer seine Eltern beschenkt worden waren.

Klaus schluckte seinen Kloß im Hals hinunter und wagte nun doch die alles entscheidende Frage, bevor er gefragt werden konnte, ob er auch immer lieb und artig gewesen sei.

„Hast du mein Fahrrad vor der Tür oder ist es in dem Sack?“

Der Witz kam nicht an, denn der Weihnachtsmann setzte augenblicklich ein besorgtes Gesicht auf.

Er kramte in seiner Tasche und holte einen zerknitterten Zettel hervor, den Klaus eindeutig als seinen Wunschzettel erkannte.

„Es tut mir leid Klaus, aber mit deinem Wunschzettel ist irgendetwas schief gegangen. Er wurde gelöscht. Darum habe ich dir das mitgebracht, was du wirklich brauchst und etwas für den Spaß.“

Klaus war enttäuscht und wütend zugleich, obwohl er noch gar nicht wusste, was er bekommen würde. Klar, dass dies nicht der richtige Weihnachtsmann sein konnte.

„Den Zettel kann man nicht löschen, da er nicht im Computer ist“, korrigierte Klaus.

„Wir reden hier von Zauberei, Klaus. Wie erklärst du dir sonst, dass ich hier und gleichzeitig bei allen anderen Kindern sein kann?“

Das hatte gesessen. Klaus war mit seinen eigenen Waffen geschlagen worden.

„Jeder Brief, der meinen Wald erreicht, wird von den Kobolden geprüft und wenn nötig, verändert. Warst du vielleicht zu gierig und zu unbescheiden? Bist du wirklich sicher, dass du die Erfüllung deiner Wünsche verdient hast? Möchtest du nicht erst mal deine Geschenke sehen?“

Als Klaus nichts sagte, holte der Weihnachtsmann gemächlich ein Päckchen hervor und dann ein weiteres.

Er bedankte sich nicht mal und riss sofort die Verpackung auf.

Es war die Spielkonsole, die er sich gewünscht hatte, jedoch nur mit einem Spiel und ein paar warme Winterschuhe, in denen Naschereien steckten.

Mit seinen Schmolllippen und zornigem Blick starrte er den Weihnachtsmann an. Es war nicht nötig, etwas zu sagen. In diesem Blick lag alles, wie z.B. „Ist das alles? Gab es nichts Besseres? Warum so wenig?" und vieles mehr.

Als wenn der Weihnachtsmann seine Gedanken lesen könne, brauste er auf.

„Du undankbarer kleiner Balg. Was brauchst du ein Fahrrad, wo dein Altes noch gut funktioniert. Was brauchst du zwei Spiele? Spiele doch erst mal mit dem einen. Wieso müssen es unbedingt diese teuren Anziehsachen sein? Du hast jede Menge schöne Kleidung, die noch in Ordnung ist. Bist du ein König?"

Klaus erschrak, als er den alten Mann so zornig erlebte. Und der war noch nicht fertig.

„Du solltest froh sein, überhaupt etwas zu bekommen. Für viele Kinder ist das nämlich nicht so selbstverständlich. Ich habe die Nase gestrichen voll. Plage du dich doch mit all den verzogenen Gören rum. Vielleicht kriegst du das besser hin!"

Kaum hatte er es ausgesprochen, da war er auch schon verschwunden, als hätte er sich in Luft aufgelöst. Aber nicht nur das. Selbst seine Eltern, mit samt der Wohnung, waren nicht mehr zu sehen. Stattdessen stand er Mitten im Wald, neben einem Rentierschlitten, auf dem ein Paar Säcke lagen.

Er hatte seinen eigenen Sack in der Hand. Darin lag alles, was er geschenkt bekommen hatte, jedoch wieder verpackt. Als Klaus an sich hinunter sah, bemerkte er, dass er in dem roten Weihnachtsmantel steckte und als er vor Schreck aufschrie, hörte er eine tiefe Stimme. Seine eigene Stimme? Tatsächlich. Er war jetzt der Weihnachtsmann. Klaus wusste genau, dass er nicht schlief. Also musste es so etwas, wie Zauberei, doch geben. Es war sinnlos, darüber nachzudenken, wie er nachhause käme. Er war im Wald des Weihnachtsmannes. Was sollte er tun?

Um ganz sicherzugehen, brabbelte Klaus ein paar Sätze vor sich hin und fügte sich endlich in sein Schicksal, als er erneut seine tiefe Weihnachtsmannstimme hörte. Die Rentiere scharrten teilnahmslos im Schnee, schauten ihn kurz an und schienen in ihm denjenigen zu erkennen, den sie erwartet hatten. Er stellte seinen Sack auf den Schlitten, warf ein paar hilflose Blicke umher und entdeckte auf dem Kutschbock eine Mappe, die er sich näher ansah. Kaum hatte er sie in der Hand, entpuppte sie sich als ein Tablett, das plötzlich aufleuchtete. Bei näherer Betrachtung präsentierte es ihm eine Liste mit vielen Namen. Als er den Namen seines besten Freundes las und ihn überrascht laut aussprach, setzten sich die Rentiere in Bewegung und flogen blitzschnell davon. Sie blieben vor Michaels Tür stehen. In der Hand hatte er einen der Säcke von seinem Schlitten. Er hatte weder bemerkt, wie der Schlitten gehalten hatte, noch wie er den Fußweg zu Michaels Wohnung zurückgelegt hatte.

Er freute sich schon, seinen Freund zu beschenken, und klopfte kurzentschlossen an. Sicher würde der ihn gleich erkennen. Aber da täuschte er sich.

Michaels Vater öffnete. Klaus bemerkte den erstaunten Ausdruck in seinen Augen und dachte zunächst, der hätte ihn erkannt. Bald erfuhr er, dass dieser Weihnachtsmann nicht erwartet worden war. Freundlich wurde Klaus hereingebeten.

„Ho, ho, ho", rief er. „Ich bin Santa-Klaus und komme tief aus dem Walde."

Als er das spöttische Grinsen von Michael sah, änderte er seine Taktik und sprach so, wie sie sonst miteinander redeten.

„Kürzen wir es ab, Micha. Ich bringe dir heute, was du dir immer schon gewünscht hast." Automatisch fuhr seine Hand in die Manteltasche, denn ihm fiel sein eigener, gelöschter Wunschzettel ein. Langsam zog Klaus den Zettel heraus und erkannte an Michaels Blick, dass auch der seinen Wunschzettel erkannte. Erleichtert stellte Klaus fest, dass auch dieser Zettel gelöscht worden war. Also war auch Micha zu unbescheiden. Wie sollte er das Micha beibringen? Klaus wusste, dass der sich ein Fotohandy gewünscht hatte, einen Computer ein paar Videos und weitere Kleinigkeiten. Er war gespannt, was sein Freund tatsächlich bekäme.

„Da ist doch niemals ein Computer drin!", empörte sich Michael.

„Ein Computer ist auch viel zu teuer", konterte Klaus. „Du könntest etwas bescheidener sein."

Michael schaute ihn böse an, traute sich aber nicht, etwas zu sagen.

„Ich habe dir etwas anderes mitgebracht, über das du dich sicher genauso freuen wirst."

Damit reichte er ihm die Pakete und wartete gespannt, was Michael auspacken würde. Es war ein klägliches „Dankeschön", das Klaus zu hören bekam. Schnell riss Michael die Verpackungen auf und starrte sprachlos auf die unerwünschten Geschenke. Vorwurfsvoll schaute er seine Eltern und dann Klaus an und streckte ihnen den ausgepackten, digitalen Fotoapparat entgegen.

„Ich wollte ein Fotohandy und keinen Fotoapparat."

„Damit kannst du viel schönere Fotos machen", warf Michaels Mutter ein.

„Das ist doch langweilig. Mit dem kann ich nicht sprechen."

„Wir können uns doch unterhalten, wenn wir uns treffen", verteidigte Klaus sein Geschenk.

„Ich will dich nicht treffen, du bist auch langweilig", maulte Michael.

Ein kleiner Klaps seines Vaters auf den Hinterkopf ermahnte ihn, nicht so frech zu sein.

„Ist doch wahr. Was weiß der denn schon, was Kinder mögen?"

„Ich weiß aber, was Kinder brauchen!", antwortete Klaus und imitierte damit den echten Weihnachtsmann.

„So und warum ist dann nichts davon dabei?"

Klaus konnte den Vorwurf nicht ertragen, seinen Freund zu Weihnachten enttäuscht zu haben, zumal er es selbst nachfühlen konnte, denn auch er war enttäuscht worden.

„Also gut mein Freund. Ich werde nachschauen, ob ich nicht noch ein kleines Trostgeschenk für dich auftreiben kann."

Klaus ging hinaus und stand sofort neben seinem Schlitten. Eifrig durchwühlte er alle Säcke, bis er ein besonders großes Geschenk fand, ohne zu erkennen, was sich im Paket verbarg.

Kaum hatte er sich wieder umgedreht, stand er abermals vor der Wohnungstür des Freundes. Erwartungsvoll starrte Michael auf das große Paket und riss es aufgeregt auf. Hätte ja ein Laptop sein können, worauf auch Klaus gehofft hatte.

Zum Vorschein kam allerdings ein Schulranzen. Wütend schmiss Michael ihn in die Ecke.

„Was soll ich denn damit?"

Klaus wusste nicht weiter. „Frohe Weihnachten", murmelte er und trabte bedeppert davon.

Missgelaunt setzte er sich wieder auf den Kutschbock des Rentierschlittens. Was der blöde Michael sich einbildete. Kriegt etwas geschenkt und blafft ihn einfach an. Dass er kurz zuvor ähnlich reagiert hatte, kam Klaus gar nicht in den Sinn.

Die Liste war noch lang. Klaus blickte trübsinnig auf die leuchtende Tafel mit den Namen. Er hatte jetzt schon keine Lust mehr, weitere Geschenke zu verteilen. Allerdings ahnte er, dass er erst wieder nachhause darf, wenn alle Säcke bei den Kindern wären.

Lustlos las er den nächsten Namen und landete automatisch vor der Wohnungstür dieses Kindes. Auch das reagierte enttäuscht und maulig, weil es nicht das Gewünschte erhalten hatte. Die nächsten Kinder waren nicht besser und langsam kam sich Klaus ziemlich schlecht vor, obwohl er doch Geschenke verteilte. Einmal war es das Falsche, dann war es zu klein, dann hatte es die falsche Farbe und einmal warf man ihm sogar vor, dass sich der Wunsch geändert hätte und er, als Weihnachtsmann, hätte das doch wissen müssen. Und als er zu einem weiteren, ihm unbekannten Kind kam, das herum mäkelte, weil der Trecker die falsche Farbe hatte, platzte auch ihm der Kragen. Denn keines der Kinder war mit seinem Geschenk zufrieden und alle taten so, als müssten noch unendlich viele Geschenke in dem Sack sein, die er vergessen hatte, auszupacken.

„Man kann nur das herausholen, was man hat!", beschwerte sich Klaus lautstark. Er sah dem Kind an, dass es ihn falsch verstanden hatte, denn es schaute die Eltern an, lächelte sogar und sagte ihnen leise „Danke", obwohl doch Klaus der Weihnachtsmann war. Aber es wirkte plötzlich glücklich.

Endlich mal ein positiver Besuch. Er dachte daran, dass auch er sich nie Gedanken darüber gemacht hatte, ob seine Eltern überhaupt soviel Geld besaßen, um seine vielen Geschenke zu bezahlen. Es war doch nur ein Fahrrad. Er wusste nicht einmal, wie teuer das ist und schon gar nicht, was seine Eltern verdienen.

Die folgenden Weihnachtsbesuche präsentierten ihm weitere nörgelnde, freche, enttäuschte und auch heulende Kinder. Er begann den Weihnachtsmann zu verstehen, der die Nase voll gehabt und seine Last auf ihn abgewälzt hatte. Klaus war müde, erschöpft. Doch er war froh, dass nur noch ein kleiner Sack auf seinem Schlitten stand. Der Rentierschlitten zog sofort an, da die Tiere wussten, wer noch übrig war.

Die kleine Susi. Klaus hatte sie schon mal auf dem Schulhof gesehen, schaute ihn ängstlich an. Sie war offenbar eines der wenigen Kinder, die noch an den Weihnachtsmann glauben.

Der Sack war fast leer. Nur zwei kleine Pakete waren darin. Eines für Susi und eines für ihre Mutti. Einen Vati gab es nicht. Susi lachte über das ganze Gesicht, als sie ihr Geschenk entgegennahm. Vorsichtig, als wolle sie nichts kaputtmachen, öffnete sie die Schleife und entfernte das Geschenkpapier. Es war nur eine kleine Mundharmonika darin. Susi hüpfte vor Freude herum.

Klaus schaute ihr staunend zu. Endlich mal ein vollkommen glückliches Kind. Dass der Schulranzen nicht dabei war, den Klaus für Michael aus diesem Sack genommen hatte, störte Susi nicht. So etwas wünscht sich sowieso kein Kind, sagte sich Klaus. Seine Hand fühlte in der Manteltasche den Wunschzettel. Zaghaft holte er ihn heraus. Es stand nur ein einziger Wunsch drauf: „Wenn es möglich ist, wünsche ich mir einen neuen Schulranzen."

Klaus lief zum Schlitten zurück. Da stand er nun, sein leerer Schlitten. Nur der Sack mit seinem eigenen Geschenk lag noch dort. Die Spielkonsole mit nur einem Spiel und die warmen Winterschuhe mit den Süßigkeiten.

Er griff sich die Konsole mit dem Spiel, und klopfte erneut an Susis Wohnung. Die staunten nicht schlecht, als der Weihnachtsmann wieder da war. Und als er freudestrahlend das Geschenk an das Mädchen übergab, fühlte er sich viel besser. Als hätte er selbst all seine Wünsche erfüllt bekommen.

Susi bedankte sich überschwänglich und rannte sofort zu ihrer Mutti.

„Mutti, Mutti", rief sie aufgeregt „Können wir die Spielkonsole nicht verkaufen und dann einen neuen Ranzen holen?"

Obwohl Klaus das absolut nicht verstehen konnte, war er dennoch glücklich. Der ganze blöde Tag war nun wieder in Ordnung und müde war er auch nicht mehr. Er sah, wie sich Mutter und Tochter umarmten, und schlich leise zu seinem Kutschbock, um nicht länger zu stören.

Kaum hatte er dort Platz genommen, stand er wieder in seinem Wohnzimmer und vor ihm der freundliche, dicke Weihnachtsmann, der ihm lächelnd sein Geschenk hinhielt. Es war nur ein Paket. Da Klaus die gleiche Situation schon mal erlebt hatte, wusste er, dass dies das Paket mit seinen Schuhen voller Süßigkeiten war und mehr wird es nicht geben.

Diesmal lächelte Klaus zurück und bedankte sich für das Geschenk, wobei tatsächlich Freude in ihm aufkam.

Seltsam.

Unsichtbar

In der Menschenwelt

Horst kam rein zufällig hinzu. Was er da sah, war kaum zu fassen.

Mitten am Tag stritten sich zwei Hexen. Sie sahen wirklich so aus, wie sie Horst aus den Märchen kannte. In ihrem Streit schienen sie vergessen zu haben, wo sie waren. Hexen kommen sehr selten aus der Märchenwelt, zu uns herüber und dann sind sie sehr scheu, denn sie dürfen nicht zu uns Menschen.

Diese beiden Exemplare trieben ihren Streit so weit, dass sie sich sogar gegenseitig vernichten wollten.

Horst kroch vor Angst in sich zusammen. Mit ihren gefährlichen Zauberkräften vollführten sie ein wahres Feuerwerk. Wie leicht hätten Horst einer dieser Blitze oder Zaubersprüche treffen können. Doch er hatte Glück.

Der Kampf der Hexen endete, indem die eine Hexe die andere in einem stabilen Netz im See versenkte, so dass sie sich selbst nicht mehr befreien konnte. Unter Wasser können Hexen nämlich nicht hexen.

Obwohl es böse Hexen waren, hatte Horst Mitleid mit der versenkten Hexe. Es war immerhin ein Lebewesen.

Als er wieder alleine war, sprang er ins Wasser und zerrte das schwere Netz an Land.

Die Hexe japste nach Luft. Horst zerschnitt mit seinem Taschenmesser die Maschen und befreite die Hexe.

Nach ein paar Minuten war sie wieder quietschvergnügt.

„Bilde dir ja nicht ein, dass du mich gerettet hast", kreischte die Hexe.

„Ich wäre auch allein aus dem Netz gekommen, hatte nur noch keine Lust dazu."

Da die Hexe so wenig Dankbarkeit zeigte, befürchtete er schon, dass sie ihn verhexen wird.

Sie sah ihm an, dass er Angst hatte und im Innern regte sich so etwas, wie Mitleid.

„Nun gut", sagte sie. „Da du mir helfen wolltest, werde ich dir einen Wunsch erfüllen."

Horst wurde mutig.

„Aber im Märchen werden doch immer drei Wünsche erfüllt", beschwerte er sich.

Die Hexe wurde ärgerlich und verwandelte ihn in eine Ente.

„Das hast du nun davon, du undankbarer Bengel", lachte sie ihn aus.

„Aber dafür hast du jetzt deine drei Wünsche frei." Es machte ihr riesig Spaß, Horst zu necken.

„Überleg genau, du kleine Schnatterente, was du dir wünscht. Du darfst dir aber keine Wünsche wünschen."

Natürlich verstehen Hexen auch die Entensprache und so hörte sie Horst schnattern, dass er wieder ein Mensch sein wolle. Kaum ausgesprochen, war er wieder ein Mensch.

Horst war aber nicht er selbst, sondern ein alter Mann.

Die Hexe lachte sich fast kaputt, als sie das erschrockene Gesicht von Horst sah.

„Ich habe dir vorher gesagt, dass du genau überlegen sollst, was du dir wünscht. Du hast nicht gesagt, was für ein Mensch du sein willst." Und wieder stimmte sie ihr schrilles Lachen an.

Horst überlegte angestrengt, um nicht wieder einen Fehler zu machen.

So wünschte er sich, wieder der gleiche Mensch zu sein, der er vor ihrer Begegnung war.

Und so geschah es.

„Jetzt hast du noch einen Wunsch frei. Überlege genau, was du willst. Nicht dass du dir dadurch schadest." Und wieder hörte er ihr schadenfrohes Lachen.

Horst gingen so viele Wünsche durch den Kopf. Sollte er sich etwas zu Essen, oder Spielzeug wünschen? Nein, die Wünsche können seine Eltern auch erfüllen. Es musste etwas Besonderes sein.

Und als er an die frechen Jungs in der Schule dachte, die sich laufend prügeln und an die vielen Erwachsenen, die so oft schimpfen, kam ihm der Gedanke, dass es manchmal ganz gut wäre, wenn er unsichtbar ist.

Er wollte aber nicht immer unsichtbar sein. Ja so könnte es klappen.

„Ich wünsche mir, unsichtbar zu werden, wenn ich mit dem Kopf nicke und wieder sichtbar, wenn ich den Kopf schüttele."

„Das ist zwar ein alberner Wunsch, doch ich will ihn dir erfüllen", sagte die Hexe.

Sie verabschiedete sich, schwang sich auf ihren Staubsauger und flog davon.

Kaum war sie weg, nickte Horst und versuchte, sein Spiegelbild im See zu entdecken. Doch er sah nichts. Er war wirklich unsichtbar.

Zunächst absolvierte er einen Rundgang durch die Stadt. Er zog den Mädchen an den Zöpfen, nahm sich in den Geschäften die schönsten Naschereien und freute sich, wenn den Menschen staunend der Mund offen stehenblieb, weil Bonbons und Schokolade durch die Luft flogen, sich selbst auswickelten und plötzlich verschwanden. Nur das weggeworfene Papier erinnerte an den seltsamen Spuk.

Horst hatte so viel genascht, dass er schreckliche Bauchschmerzen bekam. Er schlich nach Hause und rief jammernd nach seinen Eltern. Doch als er mit seinem Vater sprach, hörte der ihn zwar, konnte ihn jedoch nicht sehen. Also rief er laut: „Horst, wo bist du?"

Ihm fiel ein, dass er noch unsichtbar war. Als sich der Vater suchend umdrehte, schüttelte Horst den Kopf und wurde wieder sichtbar. Sein Vater erschrak furchtbar, als sein Sohn plötzlich vor ihm stand. Er dachte jedoch nicht weiter darüber nach, als er den zusammengekrümmten Jungen vor sich sah, der sich vor Schmerzen den Bauch hielt.

„Was ist mit dir?", fragte sein Vater. „Hast du Bauchschmerzen?"

Horst nickte und war sofort wieder unsichtbar, was er aber nicht bemerkte. So erzählte Horst von den vielen Süßigkeiten, ohne jedoch zu erwähnen, dass er unsichtbar werden kann.

Als sein Vater erneut schrie: „Horst, wo bist du?", wurde ihm klar, was passiert war. Horst schüttelte den Kopf und sagte: „Ich bin doch hier, siehst du mich denn nicht?"

Das passierte im Gespräch häufiger, so dass sein Vater nicht mehr wusste, wer von beiden krank ist.

Als der Arzt kam, hatte sich Horst wieder unter Kontrolle. Er passte jetzt genau auf, dass er nicht aus Versehen nickt. Sein Vater war inzwischen so durcheinander, dass ihn der Arzt krankschrieb. Horst bekam seine Medizin und nach ein paar Stunden war er wieder einigermaßen gesund.

Er schlief in dieser Nacht fest, wie ein Bär beim Winterschlaf. Die Mutter musste ihn lange rütteln, bevor er erwachte.

Sofort rannte er ins Bad, um vor dem Spiegel zu prüfen, ob sein Zauber noch funktioniert.

Alles war in bester Ordnung.

Horst freute sich schon auf die Schule. Gleich auf dem Hof traf er den fiesen Pit, der ihm ab und zu sein

Taschengeld wegnahm, was dieser aber auch mit anderen Kindern zu tun pflegte.

Keiner traute sich, den Lehrern etwas zu sagen, weil sie Angst hatten, von Pit Prügel zu beziehen. Horst hatte schon versucht, die anderen Jungs zu überreden, sich gemeinsam zu wehren, aber bisher hatte er keinen Erfolg. Jetzt war seine Angst vor Pit verflogen.

Er ging auf ihn zu und sagte: „Du hast doch für mich mein Taschengeld aufgehoben. Jetzt kannst du es mir wiedergeben."

Pit glaubte, seinen Ohren nicht zu trauen.

„Du Zwerg willst wohl was auf die Nase haben? Komm mal mit, dann geb ich dir was."

Sie gingen um die Ecke, hinters Schulgebäude. Ängstlich starrten ihnen die anderen Kinder hinterher und rieten Horst, nicht mitzugehen. Doch ein Blick von Pit brachte sie zum Schweigen.

Sofort begann Pit, Horst zu beschimpfen, und holte zu einem Schlag aus, der Horst in den Magen treffen sollte. Horst nickte kurz, wich aus und trat dem verdutzten Pit in den Hintern, so dass der hinfiel. Dann schüttelte er den Kopf und forderte Pit auf, endlich anzufangen und nicht auf der Erde zu schlafen. Dadurch, dass Horst mal unsichtbar war und dann wieder nicht, brachte er Pit immer mehr in Wut und versetzte ihm dann ein Paar Schläge, wie sie Pit sonst den anderen Kindern gab.

Pit weinte schon vor Wut, aber er konnte nichts ausrichten.

Die Kinder auf dem Schulhof hörten das Geschrei. Sie meinten, dass es Horst sei, der weinte und senkten traurig den Kopf.

Doch wie staunten sie, als Pit total zerschrammt und verbeult hervorkam, und sich die Tränen aus dem dreckverschmierten Gesicht wischte.

Horst schlenderte hinterher und hatte nicht mal zerknitterte Kleidung. Er pfiff ein Lied und machte ein paar Späße. Als Pit dann berichtete, dass Horst unsichtbar war, machte er sich so lächerlich, dass alle Schulklassen über ihn spotteten.

Die Kinder wurden durch dieses Ereignis so ermutigt, dass sich keiner mehr etwas gefallen ließ. Bedrohte Pit einen Schulkameraden, kamen sofort dessen Freunde dazu, um ihm zu helfen.

Horst war richtig stolz auf sich, dass ihm dieser Wunsch eingefallen war.
Hoffentlich behält er diese Fähigkeit. Die Hexe hatte jedenfalls nichts davon gesagt, dass sein Wunsch nur eine bestimmte Zeit anhält.
Jetzt, wo die Schule wieder mehr Spaß brachte, weil kein Kind mehr vor Pit Angst hatte, konnte sich Horst um andere Sachen kümmern.
Er nahm sich vor, dabei immer ehrlich zu bleiben. Sowas, wie mit den Bonbons und der Schokolade war ihm eine Lehre.
Ihm ging kurz durch den Kopf, bei Klassenarbeiten zu schummeln. Horst wollte behaupten, dass er aufs Klo müsse und dann unsichtbar von den anderen Kindern abschreiben.
Zum Glück gab er den Plan wieder auf, weil er mal Kriminalkommissar werden will.
Da muss man lernen, gut zu überlegen.

Angespornt, durch den Erfolg bei Pit, beschloss Horst, anderen Menschen zu helfen.
Er hatte auch schon eine Idee.
In der Nachbarschaft gab es eine alte Frau, die so bösartig war, dass sie mit fast jedem Menschen meckerte. Nichts war ihr recht. Ganz besonders gern schimpfte sie

mit den Kindern. Mal waren sie zu laut, mal zu schmutzig, mal zu unhöflich, mal zu ungeschickt, mal zu freundlich, mal zu rechthaberisch.

Vor allem mochte sie keine Kinder, weil diese zu viel und zu laut lachen, zumal es in ihrem Leben recht traurig zuging.

Sogar ihre eigenen Kinder besuchten sie nicht mehr, weil sie so garstig war.

Horst war aufgefallen, dass diese Frau sehr abergläubisch war und sich besonders vor schwarzen Katzen fürchtet. Das wollte er für sich ausnutzen.

Eines Tages sah Horst die Frau in eine kleine Gasse einbiegen, in der kein weiterer Mensch zu sehen war. Horst machte sich unsichtbar und folgte ihr.

Der Zufall wollte es, dass gerade zu diesem Zeitpunkt eine schwarze Katze die Gasse entlanglief. Sofort fing die Frau an, zu schimpfen:

„Verschwinde du Katzenvieh, geh zurück in die Hölle, wo du hergekommen bist, und lauf mir ja nicht über den Weg!"

Mit diesen Worten scheuchte sie die Katze weg. Die Katze lief ein Stück davon und behielt die Frau im Auge. Aber auch die Frau ließ die Katze nicht aus den Augen, weil sie sich vor ihr fürchtete.

Das war die Gelegenheit für Horst. Er nahm die Katze hoch und trug sie zu der Frau, so dass sie der Katze gebannt in die Augen sehen musste. Da die Frau Horst nicht sehen konnte, erblickte sie zwangsläufig eine fliegende Katze, die auch noch in der Luft stehenbleiben konnte. Doch damit war es nicht genug.

Plötzlich sprach die Katze zu ihr. Sie sagte, mit der verstellten Stimme von Horst:

„Hör mir genau zu. Ich beobachte dich schon eine ganze Weile. Du bist eine böse Frau und ärgerst alle Menschen. Ganz besonders die Kinder. Wenn du nicht ab sofort freundlich zu den Menschen bist, werde ich dich sehr bald zu mir holen. Hast du mich verstanden?"

„Ja, ja", jammerte die Frau. „Ich habe es doch nicht so gemeint."

„Ich werde dich weiter beobachten", sprach Horst für die Katze. „Denke stets an meine Worte."

Sobald Horst mit seiner kleinen Rede geendet hatte, ließ er die Katze los, worauf diese schnell davonlief.

Die Frau blieb noch eine Weile bewegungslos stehen. Dann lief sie, so schnell sie konnte, nachhause.

Am nächsten Tag rief sie die Kinder des Hauses herbei, um jedem ein Stück Kuchen zu schenken. Sie hatte ihn selbst gebacken. Die Kinder trauten zunächst dem Frieden nicht.

Doch welches Kind schlägt schon ein Stück Kuchen aus? Und als die Frau auch noch fröhlich mit ihnen plauderte, war das Eis bald gebrochen.

Jeder Bekannte, der vorbeikam, wurde freundlich gegrüßt, so dass sich dieser noch lange verwundert und erfreut umsah.

In den nächsten Tagen entwickelte sich die Geschichte so weit, dass die Kinder gern zu der freundlichen Omi gingen und viel Zeit mit ihr verbrachten. Und auch der alten Frau bereitete es sichtbar Freude, dass sie jetzt so beliebt war.

Doch über eines wundern sich die Leute heute noch. Jede schwarze Katze, die vorbei kam, grüßte die Frau. Neulich sagte sie sogar zu einer Katze: „Ich danke dir für dein Geschenk."

Obwohl ihr nicht so ganz wohl dabei war, streichelte sie die Katze und stellte ihr ein Schälchen Milch hin.

Horst wusste nun, dass ein aufregendes Leben vor ihm lag.

Mit jeder guten Tat, die Horst vollbrachte, wurde er etwas glücklicher.

Es waren aber nicht nur angenehme Sachen, die er erlebte.

Zum Beispiel musste Horst jetzt viel besser aufpassen. Wenn ihn niemand sah und Horst mit offenen Augen träumte, wurde er schon von Radfahrern angefahren und von großen und kleinen Menschen umgelaufen. Einmal, als er sich an einem Baum ausruhte, pinkelte ihn sogar ein Hund an.

Mit der Zeit fand Horst nichts Besonderes mehr daran, unsichtbar zu sein, und so verwandelte er sich nur noch, wenn er es für unbedingt notwendig hielt.

Neulich, in der Kaufhalle, beobachtete er einen Mann, der stehlen wollte.

Der Schnaps hatte es ihm angetan. Unauffällig schob er eine Flasche in seine Mantelinnentasche. Horst war empört. Obwohl er vor nicht allzulanger Zeit selbst, als Unsichtbarer, Süßigkeiten gestohlen hatte, wusste er genau, dass man so etwas niemals tun soll.

Viel schlimmer für ihn war, dass es diesmal ein Erwachsener tat.

Horst nickte mit dem Kopf und ging dem Mann nach, der seinen leeren Einkaufswagen zur Kasse schob. Unbemerkt stellte ihm Horst zwei von den Flaschen, die er gerade gestohlen hatte in den Wagen. Erst kurz vor der Kasse sah der Mann, dass etwas im Einkaufswagen stand. Erschrocken fasste er sich an die Stelle, wo er seine Flasche vermutete. Erleichtert ging er weiter und stellte die Flaschen aus dem Wagen, zurück ins Regal. Dann versuchte er erneut sein Glück, an der Kasse vorbeizukommen. Doch wieder hatte ihm Horst die zwei Flaschen untergemogelt, so dass er erneut, kurz vor dem Ziel, umkehren musste. Der Mann wurde jetzt nervös.

Wieder stellte er die Flaschen zurück und schlug den Weg zur Kasse ein. Diesmal schaute er ständig in alle Richtungen, um zu sehen, wer ihm diesen Streich spielt.

Plötzlich kamen sie angeschwebt. Vor Schreck rührte sich der Mann nicht. Hilflos beobachtete er die weiche Landung, zweier Flaschen, in seinem Korb. Er geriet in Panik.

Eilig nahm er die Flasche aus der Manteltasche und stellte sie ins Regal. Komischerweise konnte er mit ansehen, wie auch die Flaschen aus dem Wagen, wieder selbstständig ins Regal flogen.

Sollte ihn der Schnaps schon so krank gemacht haben, dass er Gespenster sieht?

Überstürzt stürmte er aus der Kaufhalle, wobei er einige Leute anrempelte. Er schwor sich, nie wieder Schnaps zu trinken.

Ob er sich allerdings daran gehalten hat, weiß Horst nicht. Doch er fand es sehr lustig.

Wenn er später Kriminalkommissar sein würde, wird er jeden Dieb schnappen, davon war Horst überzeugt.

Dann kam ein Tag, an dem er lieber nicht unsichtbar gewesen wäre. Es war kurz vor seinem Geburtstag. Horst entdeckte in der Stadt, überraschend seinen Vater. Schnell machte er sich unsichtbar und folgte ihm. Horst wunderte sich, dass er in ein Spielzeuggeschäft trat.

Natürlich verfolgte er ihn. Erfreut registrierte Horst, dass er ein tolles Geburtstagsgeschenk bekommen wird. So etwas hatte er sich schon immer gewünscht. Allerdings hatten seine Eltern gesagt, dass es zu teuer sei und er es darum nicht bekommen würde.

Horst hatte in den nächsten Tagen gar keine Freude mehr, wenn er an seinen Geburtstag dachte. Früher waren die Tage davor immer so spannend. Doch jetzt wird es keine Überraschung geben.

Seine Eltern waren enttäuscht, als Horst lustlos sein Geschenk auspackte. Erst als er damit zu spielen begann, kam wieder etwas Freude auf. Es war aber nicht so, wie sonst.
Horst nahm sich vor, nie mehr neugierig zu sein.

In der Märchenwelt
Nun ja, so ganz ohne Neugier kam er auch nicht zurecht. Gelegentlich schaute Horst nach der Stelle, wo er die beiden bösen Hexen beobachtet hatte.

Er wählte immer die gleiche Zeit wie damals. Tatsächlich war es ihm schon zweimal gelungen, eine Hexe zu beobachten.

Einmal war es sogar seine Hexe. Aber Horst machte sich nicht bemerkbar. Er hatte Angst, sie würde ihm seine Zauberkraft wieder wegnehmen.

Die Hexen kamen jedes Mal total erschöpft an. Es sah fast so aus, als erholten sie sich auf diesem Fleckchen Erde, von den Anstrengungen des Hexenlebens.

Sie tauchten immer urplötzlich über dem Wasser auf und schritten dann an Land, ohne im Wasser zu versinken. Dann ruhte sie sich am Ufer aus, wie ein Sommerfrischler.

Horst hatte offenbar den Eingang zur Märchenwelt entdeckt. Oder war es nur die Hexenwelt?

Als die Hexe wieder weg war, zog er Schuhe und Strümpfe aus und watete zu der Stelle, wo die Hexe erschienen war. Nichts war zu entdecken. Er nahm sich vor, beim nächsten Mal genauer hinzusehen, um die Stelle zu markieren.

Er wartete fast eine Woche, bis es wieder so weit war.

Horst schlug an dem Punkt, wo die Hexe heraustrat, einen langen Stock in den Grund und legte sicherheitshalber einen großen Stein daneben. Er untersuchte die Stelle genau. Wieder nichts.

Tagelang grübelte Horst nach einer Lösung. Vielleicht gab es keine. Vielleicht ging das nur mit Zauberkraft.

Einen letzten Versuch wollte er noch wagen. Da die Hexen immer über dem Wasserspiegel herauskamen und nicht aus dem Wasser auftauchten, lag der Eingang vielleicht dort.

Horst türmte einen großen Steinhaufen im Wasser auf, zum Glück war es dort nicht tief und legte ein langes Brett hinüber, das er sich besorgt hatte. So war es ihm möglich, in der Höhe seiner Markierung, über dem Wasser zu laufen.

Ganz langsam bewegte er sich vorwärts. Es war ein komischer Anblick. Horst ging mit vorgestrecktem Kopf, als wolle er jeden Moment um eine Ecke blicken. Plötzlich schreckte er zurück.

Tatsächlich hatte er den Eingang in eine andere Welt entdeckt.

Steckte er den Kopf vor, erblickte er eine Landschaft vor sich, in der er umhertollen könnte. Zog er den Kopf zurück, so lag wieder nichts als Wasser vor ihm.

Horst traute sich nicht, ganz hinein zu gehen. Wer weiß, was ihn dort erwartet. Er war nicht der Mutigste.

Seine Entdeckung ließ ihn nicht mehr zur Ruhe kommen. Irgendjemanden musste er einweihen.

Eines Tages, raffte sich die Familie, wieder mal, zu einem Spaziergang auf. Sonst versuchte sich Horst immer zu drücken. Er spielte lieber mit seinen Freunden. Doch heute kam ihm eine Idee. Er überredete seine Eltern, den Weg zu nehmen, der zu seiner Stelle am See führt. Sicherheitshalber nahm er einen Ball mit, um einen Grund zu haben, mit seinem Vater allein zu bleiben.

Der Plan funktionierte. Auf dem Rückweg bat Horst seinen Vater, auf der Wiese am See etwas Fußball zu spielen. Seine Mutter ging erwartungsgemäß schon voraus, um den Kaffeetisch zu decken.

Nach dem Spiel setzten sich beide nebeneinander, um zu verschnaufen.

Das war der geeignete Zeitpunkt, seine Geschichte zum Besten zu geben.

Natürlich glaubte sein Vater kein Wort und er amüsierte sich köstlich über die rege Fantasie seines Sohnes.

„Gehe einfach mal über das Brett, das auf dem Wasser liegt", bat Horst „und du wirst es selber sehen."

Er legte das Brett auf die Steine und schaute seinen Vater erwartungsvoll an.

„Du glaubst doch nicht im ernst, dass ich mich zum Kasper mache", sagte der Vater. „Komm, lass uns nach Hause gehen."

„Na gut", sagte Horst „dann beweise ich es dir".

Da er aber nicht den Mut hatte, allein in die Märchenwelt zu gehen, überzeugte er den Vater mit seiner Zauberkunst.

Sprachlos sah dieser zu, wie Horst vor seinen Augen verschwand und dann wieder auftauchte. Dann starrte er auf das Brett und rührte sich nicht mehr.

„Nun geh` schon Paps", drängelte Horst.

Wieder zögerte der Vater. Dann ging er langsam auf dem Brett entlang. Kurz vor dem Eingang zur Märchenwelt blieb er stehen und schaute sich noch einmal um. Horst entdeckte ein kleines bisschen Angst in seinen Augen. Der erwartungsvolle Blick seines Sohnes trieb ihn vorwärts. Er atmete tief durch, machte einen großen Schritt und war verschwunden.

Endlich wird ihm sein Vater glauben. Horst setzte sich hin und wartete auf seine Rückkehr. Nach einer Stunde war er immer noch nicht zurück. Horst begann sich Sorgen zu machen. Warum bleibt er so lange fort? Gefällt es ihm dort so gut?

Horst marschierte auf dem Brett entlang und steckte den Kopf in die Märchenwelt. Obwohl die farbenfrohe Landschaft mit Wiese, Wegen und Bäumen weit einzusehen war, entdeckte er keinen Zipfel von seinem Vater.

Horst zog den Kopf zurück. Er war aufgeregt. Das Herz klopfte so stark, dass er es hören konnte.

Was sollte er tun? Die Polizei holen?

Wer weiß, was passiert, wenn zu viele Menschen in die Märchenwelt eindringen. Vielleicht erzeugt das Gefahren für die anderen Menschen. Nein, er musste das Problem allein lösen. Er rannte nach Hause, machte sich unsichtbar und legte der Mutter einen Zettel auf den Tisch.

„Paps und ich, haben noch etwas Wichtiges zu erledigen. Bitte warte nicht!"

Nun überlegte Horst, wen er auf seiner abenteuerlichen Reise mitnehmen sollte, denn allein war es ihm zu unheimlich.

Schließlich überredete er Fritz. Fritz war ein pfiffiger Junge, mit vielen guten Ideen.

„Das ist toll", schwärmte der und erwartete ein aufregendes Spiel, das sich Horst ausgedacht hat. Doch als er Horst vor seinen Augen auf dem Wasser verschwinden sah, erkannte er, dass es kein Spaß war. Als Fritz nicht hinterherkam, steckte Horst den Kopf noch mal raus und rief: „Wo bleibst du denn?"

„Du, ich komm nicht mit", stotterte Fritz. „Außerdem habe ich meiner Mutti nicht Bescheid gesagt. Lass` uns lieber einen Erwachsenen holen."

„Dann geh doch wieder zu Mutti", rief Horst beleidigt und verschwand erneut.

Wer sollte seinen Vater retten, wenn nicht er? Die ersten Schritte waren recht zaghaft, doch bald schritt er zügig, auf dem vor ihm liegenden Weg, voran. Es sah fast wie in der Menschenwelt aus, nur viel sauberer. Die Landschaft wirkte wie gemalt. Frische Farben schmückten sie. Horst fasste wieder Mut, als nach einigen Metern nichts

Aufregendes passiert war. Er pfiff sich ein Liedchen, um den letzten Rest Angst zu vertreiben.

Bald kam er an eine Weggabelung. Woher sollte er wissen, welchen Weg sein Vater genommen hat? Übermütig rief er, er kannte es so aus den Märchen:

„Hallo Baum, hast du vielleicht gesehen, wohin mein Vater gegangen ist?"

Nichts rührte sich. Horst schrie es noch mal, so laut er konnte.

Plötzlich öffneten sich vor ihm zwei große Augen im Sand. Ein Mund kam hinzu und sagte: „Was veranstaltest du hier für ein Geschrei?"

Im nächsten Augenblick hob sich der Weg vor ihm in die Höhe, so dass er wie auf einer Rutsche hinuntersauste und blickte ihn von oben herab an.

„Nicht genug damit, dass mich hier die zänkischen Hexen nicht zur Ruhe kommen lassen, jetzt treiben sich hier auch noch die Zwerge rum. Ich werde mir wohl einen anderen Platz suchen müssen."

Horst schluckte. Es dauerte eine Weile, bis er begriff, dass er hier tatsächlich im Märchenland war.

„Lieber Weg", begann er „ich wollte dich nicht stören. Aber ich suche meinen Vater, der aus der Menschenwelt hierher gekommen ist. Ich habe Angst, dass ihm etwas passiert ist. Er ist nicht zurückgekommen. Hast du ihn gesehen?"

„Na klar habe ich ihn gesehen. Er ist schließlich auch auf mir herumgelatscht. Allerdings hat er mich schon weit vor dieser Stelle verlassen. Ich glaube, eine Hexe ist mit ihm, auf ihrem Staubsauger davongeflogen. Frag aber nicht, wohin. Die meisten von ihnen wohnen im blauen Wald. Frage dort nach."

„Aber wie komme ich dort hin, ich kenne mich hier nicht aus?"

„Ich werde dich wahrscheinlich nie los, wenn ich dir nicht helfe", stöhnte der Weg.

Er legte sich wieder hin und sprach mit seinen Brüdern, die in die anderen Richtungen führen.

„Setze dich auf meinen Bruder, der nach links abgeht, er wird dir helfen."

Kaum saß Horst, erhob sich der Weg hinter ihm, so dass eine erneute Rutschpartie begann. Immer, wenn er unten angekommen war, hob sich der Weg erneut. Durch diese Wellenbewegung kam Horst so schnell vorwärts, dass er selbst die Vögel überholte. Seltsam war, dass der Weg ganz glatt geworden war. So konnte sich Horst nicht verletzen.

Als sie in den roten Wald kamen, in dem alle Bäume rote Blätter besaßen, schrie der Weg plötzlich vor Schmerz auf.

„Was ist los?", wollte Horst wissen.

„Dort vorn hackt jemand auf mir herum. Es tut so weh. Oh diese Schmerzen!"

„Warte ich helfe dir", bot Horst an und hörte bald die Geräusche von Spitzhacken. Schnell machte er sich unsichtbar und näherte sich unauffällig. Drei furchterregende, übelriechende Räuber, waren dabei, ein großes Loch in den Weg zu hacken. Sie hatten gerade angefangen, aber schon Material bereitgelegt, um das Loch abzudecken. Horst musste schnell handeln. Immer wenn ein Räuber mit der Hacke ausholte, hielt er sie von hinten fest und zog daran, so dass die Räuber ins stolpern kamen. Als Bewohner des Märchenlandes wussten sie, dass nur ein mächtiger Zauberer dahinterstecken kann. Eilig flohen sie in den Wald und ließen die Spitzhacken zurück.

Horst verschloss das Loch wieder. Der Weg bedankte sich.

„Ich wusste, dass du ein guter Mensch bist. Du kannst auch in Zukunft mit unserer Hilfe rechnen, aber jetzt sollten wir erst einmal die Kutsche vorbei lassen."

Bald waren die polternden Räder der Kutsche zu hören. Es war eine prunkvolle Kutsche aus reinem Gold und in ihr saß eine wunderschöne Prinzessin, die ebenfalls aus purem Gold zu sein schien. Selbst ihre Haut hatte die Farbe der Kutsche. Auf sie werden die Räuber gewartet haben.

„So ein Märchen, mit einer goldenen Prinzessin, kenne ich gar nicht", ereiferte sich Horst.

„Dieses Märchen gibt es auch noch nicht. Es wird gerade geschrieben und du hast es verändert, indem du die Räuber verjagt hast. Folglich wird das Märchen niemals so erscheinen, wie es ursprünglich geplant war. Das ist die große Gefahr, wenn Menschen in unsere Welt eindringen."

„Wieso ist das gefährlich ?", fragte Horst.

„Wenn du zum Beispiel zufällig in das Märchen Rotkäppchen gerätst und durch deinen Auftritt der Ablauf geändert wird, so werden sich alle Menschen in eurer Welt nur noch an das neue Rotkäppchen erinnern. Selbst die Bücher, in denen das Märchen enthalten ist, werden sich verändern."

Horst hatte jetzt nicht die Zeit, sich Gedanken darüber zu machen. Es galt seinen Vater zu retten, was zählt da schon so ein kleines Märchen.

Der Weg transportierte ihn sanft weiter, bis er ungefähr 500 Meter vor dem blauen Wald endete.

„Wieso hörst du hier auf und führst nicht weiter durch den Wald?", wollte Horst wissen.

„Es ist mir zu gefährlich. Ich habe keine Lust, von den Hexen verhext zu werden. Sie werden bitterböse, wenn man ihren Wald betritt."

Das hatte Horst schon selbst erlebt und die alte Angst würgte wieder seine Kehle.

„Kann ich mich denn nicht vor ihnen schützen?"

„Nur wenn du selbst ein Zauberer wärst, könntest du das."

„Ich kann mich unsichtbar machen", prahlte Horst und reckte sich stolz.

„Das wird dir nicht helfen", mahnte der Weg. „Wenn du ihnen zu nahe kommst, spüren sie dich."

„Ich werde es trotzdem versuchen. Außerdem habe ich eine Freundin dort", sagte er, um sich selbst Mut zu machen.

Als Unsichtbarer stiefelte er seinem Ziel entgegen.

Der blaue Wald wirkte gegenüber dem roten Wald viel bedrohlicher.

Horst fühlte sich sicher, da ihn niemand sah. Doch bald stellte er fest, dass die Tiere um ihn herum unruhig wurden, sobald er sich näherte. Das könnte ihm gefährlich werden.

Es gab noch etwas, was ihm Sorgen machte. Wie groß mochte dieser Wald sein, welchen Weg sollte er einschlagen? Der einzige Anhaltspunkt war der, dass die Hexe mit dem Staubsauger, seinen Vater verschleppte. Die anderen Hexen hatten hoffentlich noch die alten Besen.

Zum Glück suchte er genau die Hexe, die er damals gerettet hatte. Vielleicht ist ihm das von Nutzen.

Nachdem er lange vergeblich im Wald umhergeirrt war, entschloss er sich, jemanden um Hilfe zu bitten. Er nickte und wurde wieder sichtbar.

Er kam an eine Lichtung, auf der ein seltsames Häuschen stand. Es war ganz und gar aus Pfefferkuchen. Als sich Horst heranschlich und durchs Fenster sah, konnte er das Ende des Märchens von Hänsel und Gretel miterleben.

Als die Hexe in den Ofen geschoben wurde, witterte er seine Chance. Er stürzte hinzu und zog die Hexe wieder aus dem Ofen. Sie war schon etwas angesengt und jammerte tüchtig.

„Was hast du getan, rief Hänsel, sie wird uns alle töten" und in Windeseile machte er sich mit Gretel aus dem Staub, um der Hexe vielleicht doch noch zu entkommen.

Horst verarztete unterdessen die Hexe und erstickte mit ihrem Besen die letzten Funken auf ihrer Kleidung.

Die Hexe raffte sich auf und zerrte Horst in den Käfig, den vorher Hänsel bewohnt hatte.

„Da du meinen Braten entkommen lassen hast, muss ich dich dafür fressen", krächzte die Hexe. „Stecke mal deinen Finger raus, ob du fett genug bist."

Horst kannte das Märchen und suchte einen Stock, um ihn anstelle seines Fingers durchzureichen, aber er fand keinen. Er kramte seine Hosentaschen durch und fand ein Röhrchen mit glibberiger Knetmasse. Diese wickelte er um seinen Finger und steckte ihn hindurch.

Die Hexe fasste ihn an und wich erschreckt zurück. „Igittigitt, bist du schön eklig. Du würdest bestimmt herrlich schmecken, aber ich mache gerade eine Diät. Quallen, Schnecken und solches Zeug, darf ich nicht essen. Wie bist du so herrlich glitschig geworden, bist du ein verzauberter Frosch?"

„Nein, ich bin ein Zauberer", erwiderte Horst. „Ich bin auf der Suche nach der Hexe mit dem Staubsauger, um sie zu bestrafen, und wenn du mich nicht sofort rauslässt, werde ich auch dich bestrafen." Horst bewunderte sich, für seine gute Idee und schmiss sich in die Brust.

„Hihi, du willst ein Zauberer sein?", kicherte die Hexe „dann zeig' doch mal, was du kannst."

„Na gut", sagte Horst in drohendem Ton. „Du willst es nicht anders. Sage nicht, ich hätte dich nicht gewarnt."

Er nahm heimlich die Glibbermasse in den Mund und ließ sie langsam herauslaufen, während er sich aufplusterte, die Augen verdrehte und seinen Körper zu schütteln begann.

Nun bekam die Hexe, die nur knapp dem Ofen entronnen war, doch etwas Angst um ihr Leben.

„Warte mein Freund, du wirst doch wohl etwas Spaß verstehen. Ich kann die Staubsaugerhexe auch nicht leiden. Die tut immer so modern und bildet sich ein, was Besseres zu sein."

Sie ließ Horst heraus und bot ihm ihre Hilfe an.

Horst ließ sich den Weg beschreiben. Es war eine weite Strecke, die er unmöglich zu Fuß laufen konnte.

„Dafür, dass ich dir das Leben gerettet habe und du mich einsperren wolltest, musst du mir noch einen Wunsch erfüllen."

„Sprich ihn nur aus, großer Meister, er ist schon erfüllt."

„Gib mir deinen Besen und sage mir, wie er funktioniert."

„Ich denke, du bist ein Zauberer. Da brauchst du doch nicht meinen Besen, um zur Staubsaugerhexe zu kommen."

„Ich habe schon meine Gründe dafür", fauchte Horst sie an. „Es soll auch mehr eine Strafe für dich sein."

Horst sah der Hexe an, dass sie zu zweifeln begann. War er zu weit gegangen?

Schnell schüttelte Horst den Kopf, wurde unsichtbar, stellte sich hinter sie und klopfte ihr auf die Schulter. Die Hexe erschrak erneut. Als sie sich umdrehte, erblickte sie ihn wieder und war endgültig von seinen Zauberkräften überzeugt.

Übereifrig gab sie ihm ihren Besen und erklärte genau, wie man damit fliegt. Es war ganz einfach. Mit der Kraft seiner Gedanken konnte er seinen Flug steuern.

Horst verabschiedete sich und flog los.

Etwas später entdeckte er die Hütte der Staubsaugerhexe. Er war mit großer Geschwindigkeit geflogen, so dass ihm alle Haare zu Berge standen. Bevor er zur Landung ansetzte, flog er noch ein paar Kurven. Es war ein irres Vergnügen.

Horst erinnerte sich an seinen Vater. Wie konnte er nur hier herumspielen, während sich sein Vater in höchster Gefahr befand? Horst setzte zum Sturzflug an und bremste dann scharf vor dem Haus. Das hätte er lieber nicht tun sollen. Der Besen kam abrupt zum Stehen, während Horst die alte Geschwindigkeit beibehielt und den Flug ohne den Besen fortsetzte. Er schrie verzweifelt und landete schließlich in einem Busch neben dem Hexenhaus, wo gerade ein Bär schlief.

Die Hexe hörte den Lärm und schaute nach dem Rechten. Sie sah nur noch den Bären, der mit lautem Gebrüll davonraste. Das war seine Rettung. Beruhigt zog sie sich wieder zurück.

Er versteckte seinen Besen und beobachtete das Haus. Es war alles ruhig.

Das Haus dieser Hexe unterschied sich von dem der anderen. Man spürte, dass sie zu oft in der Menschenwelt war und nun vieles von dort nachzumachen versuchte. Das erklärte auch die Macke mit dem Staubsauger.

Horst schlich sich auf die Terrasse, um durch die großen Fenster zu sehen.

Das moderne Einfamilienhaus erfüllte im Inneren nicht die Erwartungen. Es war genauso wild eingerichtet, wie die anderen Hexenhäuser. Sie konnte anscheinend nicht auf ihren Hexenkessel und die vielen Baumwurzeln, Kräuterregale und Truhen verzichten.

Sein Vater war nicht zu sehen.

Die Hexe saß auf einem, aus Baumästen gebauten Stuhl und unterhielt sich mit einer riesigen Kröte.

Plötzlich erhob sie sich und die Kröte verwandelte sich in seinen Vater. Der winselte und begann sogar zu weinen. Er bettelte, dass sie ihn nicht mehr verwandeln solle. Er würde auch alles tun, was sie verlangt.

Horst war von seinem Vater stark enttäuscht. Nie hätte er gedacht, dass er so ein Angsthase ist. Sicher, Horst hatte auch Angst, aber er zeigte sie nicht. Nur das hatte ihn bisher gerettet.

Ihm wurde klar, dass er auf die Hilfe des Vaters nicht rechnen konnte. Nach Fritz, hat sich nun auch sein Vater als ein anderer Mensch gezeigt, der nicht seiner Vorstellung entsprach.

Erst in der Not kann man scheinbar erkennen, wie ein Mensch wirklich ist. Egal, es ist sein Vater und trotz allem liebte er ihn. Es war außerdem ein schönes Gefühl, dass sein Vater auf ihn angewiesen war. Hier, in der Märchenwelt, hatten sie scheinbar die Rollen getauscht.

So wie Horst jetzt, musste sich ein Vater fühlen, wenn er sich um seine Kinder sorgt.

Was er jetzt dringend benötigte, war ein Plan. Doch der wollte einfach nicht kommen.

Er wusste, dass man Hexen nur durch List besiegen kann. Er beschloss, erst mal weiter zu beobachten.

Die Hexe befahl dem Vater, Verschönerungsarbeiten am Haus vorzunehmen. Sie drohte, dass sie ihn wieder verwandeln wird, wenn er versucht zu fliehen.

Sein Vater gab sich die größte Mühe. Jedes Mal, wenn die Hexe nach ihm sah, zuckte er zusammen und fragte, ob es ihr so recht sei.

Das konnte Horst nicht länger mit ansehen. Jetzt musste er die Initiative ergreifen. Er fühlte sich in seinem Stolz verletzt, wenn sich sein Vater der Hexe bedingungslos unterordnete.

Horst schlenderte bewusst lässig auf die beiden zu und begrüßte sie, als wären sie beste Freunde.

Die Hexe erkannte ihn sofort wieder und registrierte auch den Schreck, den sein Vater bekam. Glücklicherweise deutete sie dies falsch.

„Du brauchst keine Angst zu haben", sagte sie ihm. „Es ist nur ein alter Bekannter. Er kann dir nichts tun."

Horst sah seinem Vater an, wie er sich schämte.

„Ich wollte dich nur mal besuchen, weil du lange nicht bei uns warst", eröffnete Horst das Gespräch.

Von so viel Frechheit war die Hexe fasziniert.

„Wie hast du den Weg hierhergefunden", wollte sie wissen.

„War gar nicht schwer. Du bist die Einzige mit einem Staubsauger. Jeder kennt dich. Du bist sehr beliebt", schmeichelte Horst.

Das hörte die Hexe gern. Verlegen lud sie ihn in ihr Haus ein.

„Warum bist du wirklich gekommen?", fragte sie neugierig.

„Es macht mir Spaß, dass ich immer unsichtbar sein kann. Ich möchte dich bitten, dass du mir noch einen Wunsch erfüllst."

„Du hattest schon drei Wünsche", erinnerte sie ihn. „Ich möchte wetten, dass ich dir noch drei Wünsche schenken könnte, ohne dass du damit was anfangen kannst. Ihr Menschen seid einfach zu dumm" und sie stimmte, das ihm schon bekannte, schrille Lachen an.

Es bereitete ihr Freude, mit ihm zu spielen.

„Ich mache dir einen Vorschlag. Ich veranstalte irgendeinen Zauber mit dir. Du verlierst dabei aber die Fähigkeit, dich unsichtbar zu machen, und hast dann drei Wünsche frei. Bist du einverstanden?"

„Und du erfüllst mir jeden Wunsch?", versicherte sich Horst.

„Großes Hexenehrenwort. Aber es gilt immer noch, dass du dir keine Wünsche wünschen darfst."

Hoffentlich geht das gut, dachte Horst. Aber er erklärte sich einverstanden, nachdem er einen Blick auf seinen hilflosen Vater geworfen hatte.

Die Hexe überlegte. Damit sie möglichst viel Spaß dabei hat, muss es schwer durchschaubar sein.

Ich werde dich in den Bauch dieses Mannes hexen, sagte sie zu Horst und führte es im nächsten Augenblick aus.

Sie fand ihren Scherz so gelungen, als sie den schwanger aussehenden Mann ansah, dass sie sich vor Lachen auf dem Boden wälzte.

Horst war vollkommen überrascht und schrie in seiner Angst: „Lass' mich raus, schnell, lass' mich raus!"

„Aha", frohlockte die hinterhältige Hexe. „Ich habe soeben deinen ersten Wunsch gehört."

Und schon war Horst wieder draußen. Aber was sie ihm nicht gesagt hatte, war, dass er als kleiner Kobold in Vaters Bauch geschickt wurde. Das war er jetzt immer noch. Froh gelaunt hielt sie Horst einen Spiegel vor die Nase, der sich maßlos ärgerte, dass er abermals auf die Hexe hereingefallen war.

Besorgt stürzte sein Vater zu ihm, der die Hexe nun beschimpfte. Jetzt merkte die Hexe, was hier gespielt wurde. Der Vater hatte sich, durch seinen zurückgekehrten Mut, verraten. Die Liebe zu seinem Sohn ließ ihn alle Gefahren vergessen. Er wollte sogar mit Gewalt auf die Hexe losgehen. Sie verwandelte ihn in einen Hut und setzte ihn Horst auf.

Grinsend fragte sie Horst: „Was ist dein zweiter Wunsch, mein Junge? Ach ich weiß schon. Ihr beide möchtet wieder so sein, wie ihr vorher ward, richtig?"

Kleinlaut stimmte Horst zu.

„So sei es", sagte sie und im selben Augenblick saß sein Vater auf seinen Schultern, so dass Horst unter der Last zusammenbrach. Warum hat er nicht vorher den Hut abgenommen? Wieder ärgerte sich Horst, weil die Hexe erneut einen Grund für ihr albernes Gelächter gefunden hatte.

Noch einen Fehler durfte sich Horst nicht erlauben.

„Dein letzter Wunsch ist vermutlich, dass du wieder unsichtbar sein willst. Habe ich recht? Oder willst du lieber wieder zu Hause sein?"

Das war doch sicherlich wieder ein Trick. Wenn er sich nach Hause wünschte, würde sie seinen Vater bei sich behalten.

Horst ließ sein Gehirn angestrengt arbeiten. Wenn sein Vater ihm bloß einen Rat geben könnte.

„Nun mach' schon, Kleiner", trieb sie ihn an.

Plötzlich strahlte Horst.

„Ich möchte, dass du ein Mensch wirst", schmetterte er heraus.

„Du hast mir dein Hexenehrenwort gegeben, meine Wünsche zu erfüllen", fügte er hinzu.

Wütend streckte sich die Hexe gegen den Himmel und stimmte ein klägliches Gejammer an.

Schnell holte Horst seinen Besen aus dem Gebüsch, schwang sich mit seinem Vater darauf und erhob sich in die Lüfte. Ehe die Hexe mitbekam, was geschah, waren sie schon ein reichliches Stückchen weg.

Sie rannte ins Haus und holte ihren Staubsauger.

„Du hast nicht gesagt, wann ich ein Mensch werden soll. Also kann ich mir das aussuchen!", schrie sie und sauste dem flüchtigen Besen hinterher.

„Ich bin eben doch zu klug für die Menschen", triumphierte sie.

Der alte Besen flog normalerweise schneller als ihr Staubsauger, aber da zwei Personen auf ihm saßen, näherte sie sich unaufhörlich.

Horst konnte den Eingang in die Menschenwelt schon erkennen. Wird ihr Vorsprung ausreichen?

Kurz vor dem Ziel schleuderte die Hexe einen Zauberstrahl auf die Flüchtenden. Gleich würde er sie treffen und alles war umsonst. Sie schlossen die Augen, aber nichts geschah.

Der Weg hatte sich aufgerichtet und den Strahl abgelenkt.

Sekunden später, landeten Vater und Sohn im kalten Wasser des See's. Offensichtlich konnte der Besen in der Menschenwelt nicht fliegen.

Erleichtert sahen sich beide an.
„Kann das unter uns bleiben?", fragte der Vater kleinlaut.
„Na klar", sagte Horst. „Das würde uns ja doch niemand glauben."
Plötzlich hörten sie die aufgeregte Stimme von Fritz, der mit einem Polizisten, Horst seiner Mutter und einigen anderen Menschen im Anmarsch war. Ununterbrochen schnatterte er.
Da Horst schon eine Weile verschwunden war, hatte er sie überreden können, mitzukommen.
Als sie die beiden Vermissten vollständig bekleidet im See fanden, waren alle erleichtert.
Die Behauptung von Fritz, es gäbe auf dem See einen Eingang in eine andere Welt, glaubte natürlich kein Mensch. Fritz war verzweifelt, nachdem auch Horst und sein Vater dies abstritten.
Mutig ging Fritz bis ans Ende des Brettes, um es allen zu beweisen.
„Noch ein Schritt und ich bin drin", rief er.
Nachdem er den entscheidenden Schritt ausgeführt hatte, plumpste er in den See. Gelächter begleitete ihn, als er wieder aus dem Wasser stieg. Horst atmete auf.
Die Märchenwelt war wieder verschlossen.
Es war wahrscheinlich zu gefährlich für die Hexe, da nun schon zwei Menschen den Weg zu ihnen kannten. Womöglich entdeckt jemand ihre verbotenen Besuche in der Menschenwelt, wenn noch mehr Menschen kämen. Sie hatte keine andere Wahl, als den Eingang für immer zu schließen.

Horst war etwas traurig. Ihm war es nicht mehr möglich, unsichtbar zu werden.

Erschöpft von den Anstrengungen nahm er sich, zu Hause angekommen, ein Buch und las. Hänsel und Gretel befand sich auch in diesem Buch. Aufgeregt las er das Ende der Geschichte.

Das Märchen hatte sich tatsächlich verändert. Hänsel und Gretel traten eine überstürzte Flucht an und die Hexe befreite sich wieder. Sie lauert nun auf neue Opfer.

Horst erschien allerdings nicht in dem Märchen. Wahrscheinlich wurden nur Figuren des Märchenlandes wahrgenommen.

Das Verhältnis zu seinem Vater hatte sich zu seinem Vorteil verändert. Seit sie ein gemeinsames Geheimnis hatten, konnte man sie als beste Freunde bezeichnen.

Sie redeten stundenlang über alles Mögliche, so dass sich sogar die Mutter wunderte.

Lachend erinnerten sie sich gerne daran, wie Horst die Hexe ausgetrickst hatte.

Mit keinem Wort erwähnte Horst die hilflosen Momente des Vaters und der war ihm dankbar dafür.

Am meisten aber vermisste Horst die Möglichkeit, unsichtbar zu werden. Es war immer lustig und nützlich, auch wenn es ihn zum Schluss etwas langweilte.

Sein Vater überzeugte ihn, dass man nicht unsichtbar sein muss, um gute Taten zu vollbringen. Horst schmiedete schon wieder Pläne, wie er am besten anderen, ohne Zauberei, helfen kann.

Aber aus Spaß, könnte man mal darüber nachdenken, wie er wieder an Zauberkräften kommt.

Wenn der Weg recht hatte, so bräuchte er nur eine Geschichte zu schreiben, die dann im Märchenland wahr werden wird.

Die Hexe mit dem Staubsauger wäre ihm bestimmt dankbar, wenn er sie von der Verpflichtung erlöst, ein Mensch zu werden. Vielleicht wird sie ihm dann wieder einen Wunsch erfüllen. Er müsste seine Geschichte nur so schreiben, dass die Hexe ein neues Tor zur Menschenwelt öffnet, dessen Stelle Horst genau festlegt.

Ob das eine gute Idee ist? Oder sollte er sich auf seine eigenen Möglichkeiten verlassen?

Linde - Ein Baumleben

Linde war ein Baum, der gleich am Wegesrand, im Park neben der neuen Bank, gepflanzt wurde.

Sie war noch sehr klein. Es war schön im Park. Alles war neu angelegt und gut gepflegt.

Doch es dauerte nicht lange und Linde lernte auch die Sorgen eines Parkbaumes kennen.

Zum Beispiel der Hund neulich. Niedlich war er.

Lustige Augen, ein wuscheliges Fell, mit dem er die Linde streichelte und dann das.

Plötzlich hob er sein Bein und pullerte direkt an die Rinde der kleinen Linde.

Erschrocken schüttelte sie sich, so dass sie gleich zwei Blätter verlor und das mitten im Sommer. Linde war sehr eitel und ärgerte sich sehr darüber.

Am schönsten fand sie es, wenn abends die Liebespärchen kamen, sich neben sie auf die Bank setzten, sich liebe Worte sagten und miteinander schmusten.

Das war schön, wie im Kino.

Linde hatte schon richtige Stammgäste.

Am liebsten hatte sie Gerd und Gerda. Die waren besonders lieb zueinander. Ihnen fielen die tollsten Kosenamen füreinander ein.

Marzipanschnäuzchen, Speckröllchen, Zuckerschnute, Sahnepüppchen und vieles mehr.

Darum ahnte Linde auch, warum die beiden so dick waren.

Aber das ist nicht so wichtig, Hauptsache man hat sich gern.

Seit kurzem hat Linde jedoch Angst vor den Liebespärchen.

Franz und Franziska kamen nämlich vorbei. Sie gestanden sich auf der Parkbank ihre Liebe und beschlossen, es der ganzen Welt mitzuteilen.

Kurzentschlossen zückte Franz sein Messer und ritzte der Linde ein großes Herz auf den Bauch. Dann ritzte er einen Amor-Pfeil dazu und vervollständigte sein „Kunstwerk" mit ihren Vornamen.

Franziskas Name war so lang, dass er bis auf Lindes Rücken reichte.

Linde hätte vor Schmerz schreien können.

Es dauerte lange, bis die Wunde vernarbte. Sie war noch klein und mit den Jahren wurde das Herz immer größer. Aber Franz kam nicht länger vorbei. Er liebte Franziska nicht mehr und seine neue Freundin sollte das Herz im Baum nicht sehen. Linde hatte also völlig umsonst gelitten.

Es gab aber auch wieder schöne Zeiten.

Linde erinnert sich gern daran, wie Gerd und Gerda kamen und ihr kleines Baby vorstellten.

Sie hatte in ihrem Stamm schon einige Jahresringe angelegt und spendete schon soviel Schatten, dass Gerda selbst bei starkem Sonnenschein das Baby aus dem Wagen nehmen konnte. Es machte Spaß zu beobachten, wie das Baby heranwuchs.

Doch dann kam diese Trockenzeit. Viele Wochen hatte es schon nicht mehr geregnet und das Grundwasser, von dem Linde sonst trank, sank immer tiefer.

Sie war schon ganz schlapp und ließ die Zweige hängen.

Eines Tages kamen Gerd und Gerda, mit einer großen Gießkanne auf dem Kinderwagen, um ihrer Linde Dank zu sagen, für die vielen, schönen Stunden auf der Parkbank.

Linde hat das Wasser noch nie so gut geschmeckt.

So vergingen die Jahre und Linde wuchs zu einem stattlichen Baum heran.

Sie war zufrieden mit ihrem Leben. Nur das hässliche Herz von Franz, störte sie immer noch.

Sie hatte sich gerade wieder mit unzähligen Blüten geschmückt und dachte daran, dass sie sicher bald wieder ihre neuen, kleinen Besucher empfangen kann. Seit ein paar Jahren kam eine Gruppe Kinder mit ihrem Lehrer und einer Leiter vorbei, um ihre Blüten zu pflücken.

Linde gab gern ihre Blüten her. Sie hörte die Kinder erzählen, dass sie die Blüten abgeben und dann zum Beispiel Tee daraus hergestellt wird. Der sei sehr gesund.

Das machte Linde natürlich sehr stolz. Glücklich streckte sie sich, als die Kinder endlich da waren. Sie verstauten lustig schnatternd ihre Blütenernte in große Säcke, um sie anschließend auf einen Handwagen zu verladen.

Aber nicht nur die Menschen freuten sich über Linde. Auch viele Tiere brauchten sie. Auf ihren Ästen wohnte so manches Vogelpaar und hatte sich wunderschöne Nester gebaut.

Mit ihrem Gesang erfreute die Vogelschar nicht nur Linde, sondern auch Gerd, Gerda und all die anderen Besucher des Parks.

Sogar ein Eichhörnchen turnte gelegentlich auf ihr herum.

Es gab jedoch auch Tiere, die an Linde herumknabberten und sie zerstören könnten, wenn es zu viele werden. Die Larven und Raupen waren hungrig und naschten gern von Lindes Blättern und ihrer Rinde. Doch die Vögel, die bei Linde wohnten, halfen ihr, dass die Plage nicht zu groß wurde.

Linde geht es also gut.

Gerd und Gerda sind inzwischen Opa und Oma geworden.

Heute haben sie ihr Enkelkind mitgebracht und erzählen ihm stolz von ihrem Baum.

Linde hätte dem Kind so gern etwas über ihre Gerda und ihren Gerd erzählt. Da sie dies nicht konnte, wurde sie traurig und ließ die Zweige hängen. Das Kind schien das zu spüren, kam auf sie zu und versuchte ihren dicken Stamm zu umarmen. Gerd und Gerda beobachteten das kleine Wunder, wie sich die Zweige der Linde wieder rasch emporstreckten.

Linde steht heute noch da. Sie freut sich jeden Tag, dass es immer noch Menschen gibt, die an sie denken und ihr neue Geschichten vorbeibringen.

Durch dick und dünn

Mutter würde heute wieder später nachhause kommen und Vater schlief schon. Er war erschöpft von der Arbeit gekommen, hatte viele Überstunden hinter sich und wird morgen, ganz früh, wieder auf große Tour gehen. Manche Tage sah sie ihn gar nicht - wenn er anderenorts auf Montage war, manchmal die ganze Woche nicht. Also hatte sie allein Abendbrot gegessen. Mit 10 Jahren war das kein Problem. Da Martina nach zwei dickbelegten Wurststullen, die sie mit reichlich Cola runtergespült hatte, immer noch nicht satt war und sie ein übriggebliebenes Stück Sahnetorte anlachte, konnte sie nicht widerstehen. Jetzt war das Leben wieder in Ordnung. Sie wusch sich, putzte die Zähne und beeilte sich, ins Bett zu kommen. Heute wollte sie noch eine kleine Geschichte lesen, die sie sich in der Bibliothek ausgeliehen hatte. Früher hatte Mutter oft vorgelesen, doch in den letzten Jahren war die Zeit rar, wo sie gemeinsam etwas unternahmen. Entweder kam sie abgespannt, oder sehr spät nachhause. Der Sinn nach Unterhaltung, war ihr abhandengekommen. Anfangs hatte Martina diese Stunden vermisst und traurig die Bücher angeschaut, die so viel spannende Geschichten verbargen und ihr noch nicht zugänglich waren. Irgendwann merkte sie, dass sie gut beraten ist, wenn sie selbst das Lesen lernt, um diese Lücke zu schließen. War Deutsch deshalb ihr Lieblingsfach geworden?

Diese unzähligen Geschichten, die in der Bibliothek ganze Wände verkleideten, hatten einen weiteren Vorteil: Sie vergaß alle Sorgen, wenn sie in der Welt der Fantasie umhergeisterte. Heute hatte sie Prinzessin Leila begleitet, die unzählige Abenteuer zu bestehen hatte, bevor sie das große Glück fand. Herrlich. Im Märchen geht immer alles gut aus. Lag es daran, dass alle Prinzessinnen und Helden ihrer Geschichten, schlank waren. Vielleicht ist das Leben zu den Dünnen anders. Hätten sie auch so viel Pech, wie Martina, wenn sie dick wären.

In ihrer Klasse waren es immer nur die Dicken, die Pech hatten, gehänselt und gemieden wurden. Martina war sehr dick. Ihr fiel sogar das Laufen schwer und das nicht nur, weil ihre breiten Oberschenkel aneinander rieben, sondern auch, weil sie schnell außer Puste kam, wenn sie denn mal rennen musste. Doch müssen musste sie das nur im Sportunterricht und das löste dann schallendes Gelächter bei den anderen Kindern aus. Sie setzte sich dann trotzig hin, oder teilte auch mal einen Fußtritt aus. Warum *sie* dann die schlechte Zensur bekam, war ihr ein Rätsel.

Heute war ihre Gute-Nacht-Geschichte wieder gut ausgegangen und damit fühlte sich auch Martina richtig gut. Für ein paar Stunden war sie die Prinzessin. Dass sie doch nur Martina ist, fiel ihr erst wieder ein, als sie das Licht ausmachen wollte und sie plötzlich dieses blöde Hungergefühl überkam. Gewöhnlich gab sie ihrem Drang nach und fand immer etwas im Kühlschrank, aber heute bemühte sie sich, tapfer zu sein. Vielleicht hatte ihre Mutter ja recht, dass das nur Einbildung ist und es im Schlaf vorbei geht. Aber die hatte gut reden. Sie steckte ja nicht in ihrem Körper.

Die Furcht vor dem kommenden Schultag, der kein Märchen sein würde, versuchte sie zu verdrängen, indem sie an Ralf dachte, ihren einzigen Freund. Der war zwar auch dick und wurde ebenfalls gehänselt, doch wenn sie zusammen waren, war es nicht ganz so schlimm. Selbst, wenn man sie als das Schwabbelpaar beschimpfte. Ralf wurde dann ganz still, doch Martina legte ihren Arm um seine Schulter, lächelte ihn an und bekam ein Lächeln zurück. Bei dem Gedanken an diese Szene, legte sich erneut dieses Lächeln auf ihr Gesicht und sie schlief ein.

Der Morgen weckte sie mit etwas Warmen auf der Wange. Martina blinzelte müde und schaute in das Gesicht ihrer Mutter, die sie liebevoll anblickte.

„Entschuldige Schatz, ich bin schon wieder spät dran. Deine Milch steht schon auf dem Tisch und für die Schule habe ich dir noch einen Schokoriegel eingepackt, weil du immer so allein sein musst. Hoffen wir, dass ich heute früher kommen kann. Papa ist auch schon los. Also lass dich nicht unterkriegen."

Wieder wurde es warm auf der Wange, als es das Abschiedsküsschen gab und dann war sie weg. Lustlos setzte sich Martina auf die Bettkante. Der Blick aus dem Fenster sagte ihr, dass es ein trostloser Tag, wie alle Tage, werden wird. Doch bei schönem Wetter waren die Tage nicht besser. Sie schlurfte ins Bad, wusch sich den Schlaf aus dem Gesicht und stand dann vor dem gedeckten Frühstückstisch. Essen war was Feines, fast die einzige Freude im Leben, wenn sie von den Lesestunden unter der Bettdecke absah. Das Glas Milch trank sie in einem Zug aus. Es war ja noch mehr da. Damit war der erste Hunger schon mal gestillt. Sie öffnete ihre Brotdose und der Schokoriegel, der sich neben den Broten und der Banane befand, grinste sie frech an. Mutter hatte, neben die Dose, noch etwas Taschengeld gelegt, so dass Martina sich den Riegel schnappte und ihn einfach wegputzte. War er selber schuld. Sie konnte sich ja etwas beim Bäcker kaufen, wenn der Nachmittagshunger zu früh kommt. Auf jeden Fall sorgte der Schokoriegel schon mal für gute Laune. Zum Frühstück ließ sie sich Zeit. Da durfte man nicht hetzen. Sie hatte gelernt, gerade so pünktlich zur Schule zu kommen, dass sie fast mit dem Klingelzeichen das Klassenzimmer betrat. Das ersparte ihr schon mal ein paar blöde Sprüche ihrer Mitschüler. Ralf war immer schon da und sie sah ihm meist an, ob er wieder mal geärgert wurde, oder nicht. Heute hatte er die Unterlippe leicht vorgeschoben und den bösen Blick aufgesetzt. Die beste

Abwehrhaltung, wie er immer betonte. Wenn die Kinder es übertrieben, konnte Ralf richtig aggressiv werden, so dass Martina ihm lieber nicht zu nahe kam. Ralf schlug dann blind um sich, weshalb er auch als Problemkind galt. Sie hatte keine Probleme mit ihm. Doch Ralf hatte auch zu Hause Probleme. Sein Vater trank gern mal einen über den Durst und ließ dann seine Wut an seinem Sohn aus. Seine Mutter war ebenfalls froh, wenn er aus dem Haus war. Frühstück aßen sie nie gemeinsam. Lieber gab ihm seine Mutter Geld, damit er sich etwas bei McDonald kaufen kann und sie hatte ihre Ruhe. Sogar sie beschimpfte ihn als Fettwanst und behauptete, dass er nur zum Fressen gut sei und nichts tauge. Martina fand es traurig, dass seine Eltern Ralf nicht liebten. Da hatte sie es besser, wenn ihre Eltern auch selten da waren und wenig Zeit für sie hatten. Doch sie hatte wenigstens den gemeinsamen Urlaub mit ihren Eltern, was für Ralf ein Fremdwort war.

Frau Forske, ihre Klassenlehrerin, betrat den Raum, was kaum einer registrierte. Sie musste die Kinder erst zur Ruhe mahnen und einige gezielt ansprechen, bevor sie den Unterricht beginnen konnte. Sie eröffnete ihre erste Stunde immer mit der Frage an eines der Kinder, was das schönste Erlebnis des letzten Tages gewesen sei. Zu blöd, dass Martina vergessen hatte, dass sie heute dran war, denn Frau Forske hielt immer die gleiche Reihenfolge ein und gestern war ihre Nachbarin Fatima dran. Die hatte gestern gesagt, dass sie zu Hause Besuch hatten und gemeinsam ein Tischspiel gespielt hätten. Alle zusammen, auch die Erwachsenen. Martina war aufgefallen, dass viele neidisch geguckt, doch dann ein paar alberne Sprüche in den Raum geworfen hatten. Frau Forske ging immer darauf ein, wie gut dies doch sei, warum dies so sei oder was man besser machen könne. Eigentlich fand Martina das ganz gut. Doch, wenn sie an der Reihe war, gab es schon dumme Kommentare, bevor sie antwortete. Sie schloss die Augen und hoffte, dass auch die Ohren mit zuklappen.

„Martina wird uns heute erzählen, was gestern ihr schönstes Erlebnis war. Und ich meine Martina!", setzte sie scharf hinzu, da sie zu träumen schien.

Wie auf Kommando kamen die gemeinen Zwischenrufe.

„Sie wird gefuttert haben!"

Das übliche Gelächter. „Und dann hat sie wieder gefuttert."

„Es reicht Kinder!", forderte Frau Forske.

Doch die setzten noch einen drauf.

„Sie war schwimmen, im Fett und hat sich dabei verschluckt."

Das war der doofe Jens, den sie am meisten hasste.

„Hör nicht hin. Erzähl einfach."

„Ich hab von Jens geträumt."

Es wurde still in der Klasse.

„Jens war ein kleines Würstchen und ich hab ihm den Kopf abgebissen."

Frau Forske schaute Martina entsetzt an. Dann wurde die Stille von Beifall beendet. Es war Ralf, der strahlend klatschte und gar nicht aufhören wollte, nicht einmal, als Jens ihm drohte. Das ermutigte Martina.

„Und dann hab ich gekotzt, denn er war ungenießbar."

Jetzt lachten sogar ein paar mehr Kinder, was Jens extrem ärgerte.

Er konterte mit einer weiteren, gemeinen Bemerkung.

„Jeder der sich überfrisst, muss kotzen."

„Also gut Kinder. Werten wir Martinas schönes Erlebnis aus. Martina hat geträumt. Träume sind schön und auch Martina wird Freude an ihrem Traum gehabt haben. Unterstellen wir mal, dass es so war. Und dann hatte Martina das große Glück, dass ihr Traum wahr geworden ist, zumindest zum Teil." Die Klasse lauschte, denn Frau Forskes Auswertungen waren oft ungewöhnlich.

„Heute früh hat Jens bewiesen, dass er tatsächlich ein kleines Würstchen ist, als er dumme Bemerkungen über Martina von sich gab. Dass sie kotzen musste, nachdem sie den Kopf abgebissen hatte, zeigt eigentlich nur, dass man so etwas nicht macht. Darum fand Martina den Traum wahrscheinlich auch schön, da er sie vor Bösem bewahrt hat. Denn in Zukunft, wird sie dem Würstchen Jens nicht mehr den Kopf abbeißen, sondern ihn links liegenlassen und das ist sehr bekömmlich.“ Dabei zwinkerte sie Martina zu. Sie war ihr dafür dankbar, zeigte es aber nicht. Jetzt waren die Störenfriede für den Unterricht bereit, da es nicht mehr so spaßig war, wenn man selbst zum Gelächter wurde.

Als Jens, in der Pause, Martina weiter aufziehen wollte, sagte sie nur:
„Sieh dich vor, du Würstchen, dass ich nicht doch noch kotzen muss.“
Ralf stellte sich an ihre Seite und sah ihn zornig an.
„Verzieht euch doch, ihr Doppelwopper“, zischte er und verzog sich selbst. Trotz des Ärgers lief der Tag ganz gut. Konnte sie es wagen, heute mal ihre Klassenkameradinnen anzusprechen, die sich lachend auf dem Schulhof unterhielten? Doch sobald sie herangetreten war, verstummte das Lachen und alle starrten sie feindselig an. Sie hatte noch etwas vom Film mit Brat Pitt aufgeschnappt und nahm das Thema auf.
„Ich hab den Film gestern auch gesehen. Fand ich toll, wie er …“
„Wen interessiert's?“, kam zurück.
Es gab eine lange Pause, in der sie sich nur stur anschauten. Martina senkte den Kopf, schlenderte davon, packte ihr Pausenbrot aus und aß alles auf einmal auf, obwohl es ihr Mittag sein sollte. Dabei war es keine Überraschung, dass sie sich mit ihr nicht abgeben. Der Grund ist immer gleich. Sie ist zu dick. Warum hatte sie nur

gehofft, dass es heute anders sein wird? Weil ihr ein paar schlagkräftige Gags eingefallen waren?

Sie ärgerte sich so heftig, dass sie sich die ganze nächste Stunde nicht konzentrieren konnte und ständig vom Lehrer getadelt wurde. Es war ein beschissener Tag, wie alle Tage. Sie würde sich dafür entschädigen und sich ein paar leckere Streuselschnecken vom Bäcker holen. War ja fast klar, dass sie dort Ralf traf, der schon mit vollen Backen kaute und sie trotzdem grüßte.

„War toll, deine Geschichte mit dem Würstchen."

Sie kaufte sich zwei Schnecken und setzte sich zu ihm. Sie kauten gemeinsam weiter und schwiegen.

„Weißt du Ralf? Wie findest du es, wenn wir, das mit dem Würstchen, jetzt immer machen?"

„Wie meinst du das?"

„Warum machen wir uns immer klein und hoffen darauf, dass die anderen uns akzeptieren? Wir können den Spieß doch einfach umdrehen. Hast du bemerkt, wie beschissen Jens sich gefühlt hat, als ich ihn durch den Kakao gezogen habe?"

„Klar." Ralf grinste übers ganze Gesicht, als er daran zurückdachte. „Der war richtig angepisst."

„Genau. Er fühlte sich genau so, wie wir immer. Wir könnten dafür sorgen, dass es so bleibt. Wir beide gründen einen Verein und nennen ihn ‚Die dicke Gemeinschaft'. Wir machen, ab heute, alles gemeinsam. Wenn jemand von uns gemobbt wird, kommt der andere zu Hilfe und wir mobben zurück."

„Und wenn sie gewalttätig werden?", fragte er ängstlich.

„Da müssen wir durch. Bisher sind *wir* immer ausgerastet und wurden bestraft. Und die haben sich ins Fäustchen gelacht. Wenn die ausrasten, wird es ihnen genauso ergehen, nur dass wir lachen."

„Cool", bemerkte er.

„Also abgemacht? Dann fangen wir gleich morgen damit an."

Beide beendeten ihren Tag mit einem Glücksgefühl. Martina ignorierte sogar ihre Hungerattacke, als sie sich schlafen legte, da sie die Vorfreude voll auslastete.

Am nächsten Morgen stand sie mit bester Laune auf. Sie hatte sich mit Ralf verabredet, um mit ihm gemeinsam den Schulweg anzutreten. In die Brotdose, die ihr die Mutter gefüllt hatte, schaute sie nicht hinein. Sie hatten Größeres vor. Schwerfällig stapften sie voran. Sie waren beides keine begeisterten Spaziergänger, da es mit körperlichen Anstrengungen verbunden war, die ihren korpulenten Körper auf eine harte Probe stellten.

Schon unterwegs begleiteten sie amüsierte Blicke ihrer Mitschüler. Sie winkten freundlich, was nicht erwidert wurde.

Als sie auf dem Schulhof eintrafen, kam es zu ersten, blöden Bemerkungen.

„Schaut mal, unser neues Traumpaar kommt. Der Marshmallow-man hat jetzt eine Marshmallow-Frau."

„Und? Hat sich unser Klappergestell denn jetzt vor Angst in die Hose gemacht?", konterte Martina und grinste den Jungen an, der sie angesprochen hatte.

„Werde ja nicht frech", antwortete er drohend.

„Hast ja recht", stimmte Ralf mit ein, der Geschlossenheit demonstrieren wollte. „Dir steht Frechheit viel besser. Passt zu deinem herunterhängenden Gesicht."

Der Junge machte Anstalten, sich auf sie zu stürzen, doch sein Kumpel hielt ihn zurück.

Auch die Mädchen konnten sich einen Kommentar nicht verkneifen, als sie auf deren Höhe waren.

„Sieht richtig gut aus, wie ihr so als Wabbelduo übers Parkett schwappt."

„Ja, ne? Bleibt ihr lieber stehen, bevor ihr beim Gehen auseinanderbrecht", sagte Martina.

„Dröhnt zu laut, wenn der hohle Kopf unten aufschlägt",
ergänzte Ralf.

Ihr lautes Gelächter über den eigenen Witz, gab ihnen
Kraft und sie zogen weiter, wobei sie sich immer mal
wieder angrinsten. Die erzürnten Gesichter der Mädchen
verfolgten sie.

Vor dem Unterricht sprachen sie Frau Forske an, ob sie
nicht zusammen sitzen dürfen. Die stimmte zu, falls die
anderen nichts dagegen hätten. Dort gab es keinen
Widerstand, sondern nur einen blöden Kommentar.

„Wenn ihr nebeneinander passt, macht das. Aber setzt
euch nach hinten, sonst sehen wir nichts mehr."

„Danke. So machen wir das."

„Hoffentlich schläfern uns die zappelnden Grashalme vor
uns, nicht ein", maulte Ralf.

Die Stunde verlief ohne Zwischenfall. In der Pause
waren sie das Gesprächsthema Nr.1. Doch niemand
sprach sie an. Sie stolzierten auf dem Schulhof herum,
unterhielten sich und zeigten ein stets freundliches Gesicht
dabei.

Erst, als sie nachhause gingen, schickte ihnen Jens eine
gehässige Bemerkung hinterher.

„Bildet euch nicht ein, dass ihr euch jetzt alles erlauben
könnt. Auch eine doppelte Portion Fett bekommt ihr Fett
weg."

„Hab' keine Angst, du kriegst auch was ab", erwiderte
sie.

Martina hatte die Drohung deutlich herausgehört. Dennoch
schmunzelte sie, obwohl sie sah, wie Ralf ängstlich den
Kopf einzog. Sie ermahnte ihn, auf jeden Fall standhaft zu
bleiben. Dann unternahmen sie noch etwas im Park, was
sie sich jetzt angewöhnen wollten, bevor sie zu Hause
Trübsal blasen. Sie setzten sich ans Flussufer und
bemerkten erst jetzt, dass ihre Brotdose noch randvoll war.
Bei der Aufregung war das kein Wunder. Genussvoll

verputzten sie die Ration und verabschiedeten sich. Martina konnte den hasserfüllten Blick von Jens nicht vergessen. Sie bat ihre Mutter, ihr die Dose Pfefferspray zu leihen, die sie immer mitnahm, wenn sie mit ihrer Freundin ausging. Sie begründete es damit, dass in letzter Zeit so ein Kerl um die Schule schleichen würde, der Kinder anspricht. Das Argument überzeugte und Martina fühlte sich jetzt viel sicherer. Komisch, dass der Kühlschrank heute nicht nach ihr rief.

Ralf war pünktlich am vereinbarten Treffpunkt. Diesmal ließ man sie, während des gesamten Schulwegs, in Ruhe. Nicht eine blöde Bemerkung. Die komischen Blicke störten sie nicht. Erst als sie vor dem Schulhof standen, gab es Ärger. Jens wollte seiner Drohung Taten folgen lassen. Er hatte sich von irgendwo einen dicken Ast besorgt und ihn vor sich hingelegt.

„Da sind ja unsere kleinen Schweinebacken", begrüßte er sie.

„Bevor ihr auf den Schulhof dürft, ist jetzt jeden Morgen Ferkelrennen angesagt. Natürlich nur für die ganz dicken Schweine. Ihr springt jetzt hier rüber, dreht euch um und springt wieder rüber. Das Ganze wiederholt ihr 10 Mal. Wenn ihr irgendwann richtig gut seid, machen wir es vielleicht mit Publikum."

Ralf schaute bedeppert drein. Martina sah ihm an, dass er springen würde. Sie flüsterte ihm etwas ins Ohr und er sah sie ungläubig an.

Dann rief sie „Jeeetzt!", und sie liefen mit voller Kraft auf Jens zu. Der konnte nicht mehr ausweichen und sie rannten ihn um. Ihm zuwinkend, zogen sie weiter, während sich Jens mühsam aus dem Staub erhob und drohend die Faust hochstreckte.

Den ganzen Tag war eine gedrückte Stimmung auf dem Hof. Es hatte sich herumgesprochen, was passiert war. Tuschelnd stand Jens mit anderen Jungs und Mädchen herum, doch sie unternahmen nichts. Vermutlich hielt sie die Pausenaufsicht davon ab. Der Tag verging und mit gemischten Gefühlen, traten sie den Heimweg an. Von Jens war weit und breit nichts zu sehen. Wie erwartet, lauerte er ihnen ein paar Straßen weiter auf. Mit einem weiteren Jungen und zwei Mädchen, stellte er sich ihnen in den Weg.

„So, ihr beiden Speckrollen. Jetzt entschuldigt ihr euch erst mal bei mir.“

„Wofür dachtest du, sollten wir das tun?“

Ralf überließ Martina das Reden.

„Dafür, dass ihr mich umgeschubst habt, ihr Kasperköppe!“

„Du meinst, wir könnten dich umschubsen? Das glaubt dir keiner. So ein kräftiger Kerl, der du bist. Und so mutig. Du bist ja ganz allein gekommen.“

„Deine große Klappe wird dir schon vergehen!“

Martina flüsterte Ralf wieder etwas ins Ohr. Jens nahm eine Abwehrhaltung ein.

Ihr „Jeeetzt“, gab den Startschuss und sie rannten auf Jens zu. Der sprang zur Seite und lief ihnen hinterher. Er zog Martina an der Kleidung zurück, es gab ein kurzes Gerangel. Plötzlich schrie Jens auf und hielt sich die Hände vors Gesicht. Er krümmte sich und die beiden liefen davon. Die anderen Kinder scharten sich um ihn. Ralf war verwundert. Was war passiert?

„Ich hab ihm eine verpasst und er fing an zu heulen“, erklärte sie Ralf.

Am nächsten Tag ließ sie ihr Pfefferspray zu Hause. Gemeinsam mit Ralf marschierte sie erhobenen Hauptes zur Schule, was sich auf Ralf übertrug. Ihre Selbstsicherheit registrierten alle mit Staunen. Auf dem Schulhof standen sie schon in Grüppchen zusammen und tuschelten. Niemand sprach sie an.

Natürlich hatte Jens bei Frau Forske gepetzt. Er hatte immer noch entzündete Augen. Zum Glück hatte sie ihn nicht voll erwischt, da er sie herumgerissen hatte, während sie sprühte. Frau Forske eröffnete die Stunde, um diesen Fall aufzulösen. Zuerst durchsuchte sie Martinas Ranzen und den Turnbeutel, ohne etwas zu finden.

„Martina. Jens behauptet, du hättest ihn mit etwas besprüht, was seine Augen entzündet hat. Was sagst du dazu?"

„Ich? Warum hätte ich das tun sollen? Ich vergreif mich doch nicht an einem so kleinen Jungen."

Die Klasse johlte. Da Frau Forske schon oft beobachtet hatte, wie Jens Martina ärgert, ging sie darauf ein.

„Jens, erkläre uns, warum sie das getan hat."

„Weiss ich nicht. Einfach so."

„Vielleicht ist das heute Morgen passiert", räumte Martina ein.

„Da wollte er uns nicht auf den Schulhof lassen, bevor wir 10-mal über einen Ast gesprungen sind. Er meinte, wir sollten das jeden Morgen machen. Dann sind wir einfach an ihm vorbei gerannt. Vielleicht waren das unsere Schweißdrüsen, die er nicht vertragen hat. Da wird er bestimmt, den Rest des Tages, geweint haben. Vielleicht sollte er uns nicht zu nahe kommen."

Bei den letzten Worten funkelte sie ihn böse an.

„Stimmt das Jens?"

"Der Fettmops spinnt doch."

„Ich hab das auch gesehen", meldete sich eine Schülerin.

„Können wir uns einigen, Kinder, dass wir heute das letzte Mal darüber gesprochen haben? Jens?"

„Wenn sie das nicht wieder tut?"

„Martina?"

„Wir Dicken haben nun mal so starke Drüsen. Wenn er Abstand hält, kann ihm nichts passieren."

Frau Forske lächelte.

„Dann ist ja alles geklärt."

Dieses Ereignis wurde Schulgespräch. Frau Forske hatte jetzt verstärkt ein Auge auf die beiden. Am nächsten Tag steckte Martina das Pfefferspray nicht mehr ein. Die Sticheleien gegen Ralf und Martina ließen nach. Sie traten jetzt jederzeit selbstbewusst auf. Falls sie doch mal angepöbelt wurden, wehrten sie sich mit Sprüchen, wie:

„Was läuft denn da aus deinem Kopf? Sieht ja eklig aus" und Ralf setzte hinzu „Werden die Reste von seinem Grips sein. War sowieso nie viel los mit ihm."

Oder sie fragten ein Mädchen: „Du hast da Schorf an deiner Stirn? Hast Du Ausschlag?"

Wenn das Mädchen dann ängstlich ihre Stirn absuchte und die Freundinnen schauen ließ, ergänzte Ralf: „Das ist nur deine Boshaftigkeit. Das geht nicht weg."

Ihre gemeinsamen Unternehmungen behielten sie bei. Sie fühlten sich dadurch nicht mehr ausgestoßen. Ohne es zu merken, verloren sie diesen unbändigen Appetit. Sie hatten ihn in Freude umgetauscht. Nur Jens trat gelegentlich noch provokativ auf. Doch wenn er wütend auf sie zuging, steckte Martina ruckartig die Hand in die Tasche und erwartete ihn. Jens stoppte dann sofort und machte einen Rückzieher. Sie freute sich, dass Pfefferspray auch ohne Pfefferspray wirkt. Frau Forske registrierte erleichtert, dass sich die Stimmung in der Klasse gebessert hatte und Martina und Ralf jetzt mit Freude dabei waren. Wer sagt, dass Schule keinen Spaß bringt? Sie hatten verstanden, dass Schule das ist, was man draus macht.

Späte Erkenntnis

Michel schaute sehnsuchtsvoll durch den Maschendrahtzaun. Dort drüben, nicht einmal 100 m von ihrem Lager entfernt stand dieser monströse Prachtbau einer aufwändig gestalteten Villa. Da wohnten ihre Herren. Niemals in seinem Leben hatte er das Lager verlassen dürfen, um sich in der Welt umzusehen. Zwar hatte er es schon versucht, wenn jemand aus der Herrscherfamilie kam, um ihnen Essen zu bringen, doch sie waren immer extrem wachsam.

Seine Hoffnung, es nachts zu versuchen, zerschlug sich schnell. Alle Insassen ihres Lagers wurden, wenn es dunkel wurde, in stabile Behausungen eingeschlossen und gezählt.

Solange er denken konnte, wohnte er in dieser Anlage. Selbst seine Eltern und Urgroßeltern sollen hier geboren worden sein. Gelegentlich kamen Neuzugänge, die in anderen Lagern aufgewachsen waren, denn ihre Geschichten hörten sich ähnlich an.

Michel dachte schon lange darüber nach, wo ihre Rasse herkommt, wo sich ihre Heimat befindet. Seit vielen Generationen hatten sie sich ihrer Gefangenschaft zu fügen. Und wenn sie sehr laut schrien, hörten sie die antwortenden Stimmen ihrer Leidensgefährten aus den anderen Lagern. Aber meist lief diese Unterhaltung nur zwischen den Stammesältesten ab. Diese Gespräche brachten ihm keine neuen Erkenntnisse, obwohl Michel jedes Mal angespannt lauschte, um ja nichts zu verpassen.

Und noch etwas bereitete ihm Sorgen. Diese fremde Rasse, deren Worte er nicht versteht, holte in größeren Abständen einen von ihnen ab. Niemand erfuhr je, wohin er gebracht wurde und niemals kam einer zurück. Manche von seinen Freunden beneideten diejenigen, die aus dem Lager getragen wurden. Sie glaubten, dass diese in eine bessere Welt kämen und sie suchten die Nähe dieser Wesen, da sie hofften, auf die Art schneller an die Reihe zu kommen. Doch die meisten Sorgen befielen Michel, weil die Männer ihres Stammes immer zuerst geholt wurden. Und waren es mal Frauen, holte man entweder die Kranken oder die Alten. Darum fürchtete Michel, dass es nichts Gutes bedeutete, wenn die fremden Wesen kamen, ihnen die Arme nach hinten wanden und sie davontrugen.

Alte Männer existierten in ihrer Anlage nicht. Nur den Stammesältesten holte man nie ab. Vermutlich war unseren Herren bekannt, dass der hier für Ordnung sorgt.

Michel hatte seine Mutter einmal gefragt, warum sie die Riesen „Pfleger" nannten. Es leuchtete ihm ein, was sie sagte. Wir hatten ein warmes Haus, bekamen immer genug zu Essen von ihnen, manchmal pflegten sie unsere Verletzten gesund und auffallend lieb waren sie zu unseren Kindern. Und dieser Punkt war es, der Michel hoffen ließ, dass die Pfleger gutmütige Wesen sind.

Sie waren selten gewalttätig zu uns. Höchstens mal, wenn jemand nicht schnell genug aus dem Weg ging, stieß der größere Pfleger mit dem Fuß nach ihnen.

Und dann dachte Michel für einen Moment, dass ihre Eltern den Namen Pfleger nur für die Kinder erfunden hatten, um ihnen die Angst zu nehmen.

Er erinnerte sich an seine Kinderzeit. Sie war herrlich, da sich alles um ihn gedreht hatte. Doch jetzt ist er ein Jugendlicher und hatte nicht mehr viel zu lachen. Der Stammesälteste war immer streng zu ihm, eigentlich zu allen Jungen seines Alters.

Es kam Unruhe im Lager auf. Der ganze Stamm rannte einem Ziel entgegen, dem Speiseplatz. Michel fand es bescheuert, dass sie sich um ihr Essen rauften. Nur die Schnellsten bekamen die Leckerbissen, wenn mal welche dabei waren. Aber er konnte sich darauf verlassen, dass genug zu Essen da sein wird. Heute wird er sich nicht um

Leckereien streiten. Wie so oft, hielt er sich nahe der Tür auf und er hoffte auf eine Unachtsamkeit des Pflegers und wie immer wird er auch diesmal Pech haben.

Der Riese drehte sich um, behielt aber Michel im Auge. Dann ließ er den Haken in die Öse fallen, der in unerreichbarer Höhe die Tür verriegelte. Diese Wesen waren mindestens zehnmal so groß wie er. Sie bewegten sich ebenfalls auf zwei Beinen vorwärts. Wie kam es, dass die Riesen die Welt beherrschen? War das schon immer so? Gab es keine Hoffnung auf Freiheit? Mutter hatte gesagt, es sei ihre Bestimmung, in der Freiheit könnten sie nicht überleben, hier seien sie sicher. Aber Michel hatte nur..... .

Moment mal, was ist das? Der Pfleger war schon lange am Essenplatz und verteilte die Nahrung in die Gefäße. Doch die Tür, die Tür in die Freiheit stand einen klitzekleinen Spalt offen. Der Haken war offenbar nicht in die Öse gefallen.

Das war vermutlich die einzige Chance seines Lebens. Niemand kümmerte sich um ihn. Er quetschte seinen Körper durch den Spalt, bis sich die schwere Tür weit genug geöffnet hatte. Ein weiterer Schritt und die Freiheit nahm Gestalt an. Oft hatte er darüber nachgedacht, was er täte, wenn er hier raus käme. Er hatte keinerlei Informationen über das Draußen und er besaß nichts, was er mitnehmen könnte. Also rannte er, so schnell es ihm möglich war, ohne sich umzusehen. Michel genoss es, durch das Gras und die Blumen zu laufen. Ein Paradies, verglichen mit der nackten Erde des Lagers, wo vereinzelt mal ein Grasbüschel zu finden war.

Inzwischen war er auf Höhe der Villa, die die Pfleger bewohnten. Und da öffnete sich langsam die große Tür des Hauses und Michel rannte um sein Leben. Seine einzige Stärke war die Schnelligkeit. Und während er um die

Hausecke wetzte, hörte er schon das Gebrüll des Riesenkindes, das seine Flucht meldete.

Michel rannte so schnell, wie er noch nie gerannt war.

Wie staunte er, als er das Haus der Riesen hinter sich gelassen hatte. Wie aufgereiht, tauchten vor ihm eine Menge anderer Herrenhäuser auf. Es schien keinen Fleck ohne Riesen zu geben. Der weiche Erdboden war verschwunden. Michel lief auf rauen Steinen zwischen zwei Häuserreihen entlang, was ihm das Laufen erschwerte.

Die fünf Sekunden Erstaunen verringerten seinen Vorsprung. Auf ein Mal öffneten sich die Türen der Häuser, die vor ihm lagen und spuckten weitere Riesen aus. Hinter ihm schrie seine Pflegefamilie. War die Erde so dicht von ihnen besiedelt, dass es keinen Platz mehr für seinesgleichen gab, um in Freiheit zu leben?

Die Riesen schienen nur ein Ziel zu haben - ihn zu fangen. War er eine so große Gefahr für sie, dass nicht einer seiner Rasse entkommen durfte?

Von allen Seiten kamen sie auf ihn zu. Er erfasste, dass er verloren hatte. Aber so schnell gab er nicht auf. Sämtliche Wege waren von Riesen versperrt. Ihm blieb nur der, zurück ins Lager. Niemals würde er freiwillig diesen Weg wählen.

Der letzte Ausweg war die Flucht über die Köpfe der Riesen hinweg. Er setzte zum Verzweiflungssprung an. Der Sprung schien gelungen. Er kam sich vor, könne er fliegen. Schon war der Riese unter ihm. Der Sieg war nahe, doch die Arme des Riesen schnellten hoch und packten ihn an den Füßen. Ein erbarmungsloser Griff presste die Beine zusammen, so dass es kaum möglich war, sich zu bewegen konnte. Er zappelte wie wild, hoffend, dass ein Wunder geschähe. Mit dem Kopf nach unten trug man ihn zurück. Kraftlos ließ er sich hängen und sah die bestürzten Gesichter seiner Freunde, als man ihn auf den Hof des Lagers warf. Niemand kam zu ihm, niemand tröstete ihn.

Michel blieb bis zum Abend am Zaun stehen. Er dachte an die paar Meter Glück, als er durch weiches Gras gelaufen war und den Duft der Blumen eingeatmet hatte.

Je weniger du von da draußen weißt, um so glücklicher wirst du sein, hatte einst seine Mutter gesagt, als er sie mit unzähligen Fragen bedrängt hatte. Doch in ihm steckte der Forschergeist. Er hasste unbeantwortete Fragen. Er hasste die Gleichgültigkeit seiner Mitgefangenen, die sich weigerten, in sich Gefangene zu sehen. Wahnsinnig gern wüsste er, ob in früher Vorzeit ihre Rasse ihr Leben selbst bestimmen durfte.

Michel beschloss, nicht mehr zu essen. Dieser winzige Krümel Freiheit, den er kostete, hat ihm sein altes Leben zerstört. Das kleine Glück, das bisher darin vorkam, hatte sich von einer Sekunde auf die andere in sein Gegenteil verwandelt. Das Bewusstsein, dass er weitaus glücklicher sein könnte, stellte den Sinn seiner Existenz infrage.

Er hatte die Weisheit seiner Mutter bewundert, die ihn von dem Wissen um das Draußen fernzuhalten versuchte. Seine Flucht hatte alles verändert. Jetzt tat sie ihm leid, da sich ihre Weisheit als Dummheit herausgestellt hatte. Für seine Kameraden wird es „Weisheit" bleiben.

Er wird nichts von seinen Erlebnissen erzählen. Sollen sie ihr kleines Glück weiterleben.

Um ihn stand es anders. Wenn es ein großes Glück für ihn nicht geben kann, will er keines.

Sein Pfleger hatte sofort bemerkt, dass er das Essen verweigerte. Er tuschelte mit den herumstehenden Riesen und sah ihn eigenartig an.

Eine Vorahnung sagte Michel, dass sie ihn in Kürze holen werden. Bald wird er wissen, was mit seinen Kameraden geschehen war, die vor ihm abgeholt worden waren.

Am dritten Tag, den er ohne Nahrungsaufnahme verbracht hatte, war es dann soweit. Schon die

Bewegungen des Pflegers verrieten ihm dessen Absicht. Er war bemüht, sich sacht anzuschleichen, um ihn mit geringem Aufwand zu fangen. Er hätte ihm gern gesagt, dass dies nicht nötig war, dass er schon auf ihn gewartet hat. Es gab nur drei Möglichkeiten: Umsetzung in ein anderes Lager, Freiheit oder Tod. Obwohl Michel den Tod für die wahrscheinlichste Variante hielt, die ihn erwarten würde, hoffte er dennoch auf eine positive Fügung. Allein die Gewissheit, dass bald seine wichtigsten Fragen beantwortet werden, ließ ihn voller Gelassenheit den Griff des Riesen ertragen, der seine Arme auf den Rücken bog und ihn daran, wie schon viele vor ihm, davon trug.

Es war kein langer Weg. Das Tor in die Freiheit öffnete sich nochmals, der Blumenduft drang erneut in die Nase und sie beendeten ihren Marsch an einem kahlen Platz hinter dem Schuppen, der für sie nie einsehbar war. Ein riesiger abgesägter Baumstamm stand dort, an dem eine gewaltige Axt lehnte.

Michel beobachtete jede Kleinigkeit. Schnell entdeckte er kleine Federn, wie sie auch seinen Körper bedecken. Sie hatten sich in den Baumstamm gequetscht und waren mit Blut verschmiert. Er begriff sofort, dass ihn der Riese mit der Axt töten wird. Gedämpft hörte er das Krähen des Stammesältesten, als schicke er einen Abschiedsgruß. Das scheinbare Glück seiner Mutter hatte sich als Betrug herausgestellt und er war froh, dass sie sein Wissen nicht mit ihm teilen wird.

Michel war überzeugt, dass sie gegen die Riesen keine Chance haben. Und die Dummheit der Mutter ist plötzlich wieder zur Weisheit aufgestiegen.

Warum gerade ich?

Blöder Regen. Seit Tagen hämmern die Regentropfen erbarmungslos gegen die Fensterscheibe, als wollten sie die Wohnung stürmen. Sie haben es längst aufgegeben als kleine Rinnsale übers Glas zu kriechen. Wie ein Schwall, eine bösartige Welle schwappen sie vor meinem Gesicht entlang. Doch sie können mir nichts anhaben. Ich gehe näher an die Scheibe, um mich der Gefahr zu stellen. Nur ein paar Millimeter trennen uns. Früher war es beruhigend, wenn das gleichmäßige Trommeln und das gurgelnde Rauschen aus dem Fallrohr an mein Ohr drangen. Heute ist es mir verhasst. Ich bohre die Augen ins Glas und schreie die Tropfen an. „Verschwindet, ihr Mistviecher."

Mein Leben ist schon trostlos genug, ich brauche niemanden, der mir dies noch deutlicher macht. Sie haben die Sonne aus meinem Leben vertrieben. Natürlich weiß ich, dass nicht sie es waren, aber es fühlt sich besser an, wenn ein Schuldiger vor mir steht, greifbar, trotz des Wissens, dass er mir durch die Finger rinnen würde. Wichtig ist, dass der Schuldige einen Namen hat. Obwohl er Regen heißt, so nimmt er mir doch die Last von der Schulter, selbst der Versager zu sein.

Mancher würde es Glück nennen, dass man mich, trotz meiner Misere, im Haus wohnen lässt.

Seit fünf Jahren bin ich arbeitslos. Ich werde warten, bis besseres Wetter kommt, um mich mal wieder beim Arbeitsamt vorzustellen. Doch wozu? Ich kenne alle Antworten. Sie sind zu alt und überqualifiziert. Ein Job, bei dem ich den Stiefelputzer für irgendwelche Lackaffen spiele, kommt für mich nicht in Frage. Ich bin Computerfachmann und kein Trottel aus einer Putzkolonne. Wenn ich noch zweimal solche Jobs ablehne, wollen sie mir die paar Kröten Arbeitslosengeld kürzen. Es ist ein Witz. Fünf Jahre aus dem Computergeschäft raus bedeutet mein berufliches Todesurteil. Spül mich doch gleich mit weg, Regen.

Wer sagt, dass ich selbst schuld bin? Nur weil ich zu saufen begann? Wie kann man das sonst aushalten? Arbeit weg, dann Streit zu Hause. Alle hackten auf mir herum, die Frau, die Kinder, alle. Wer wäre da nicht gegangen? Hier meckert wenigstens keiner mit mir, wenn ich mal eine Flasche mehr trinke. Es macht das Leben erträglicher. Und es gibt der Schuld einen Namen. Regen. Dieses blöde Gequatsche, ich hätte mein Leben selbst in der Hand, ich könne täglich neu entscheiden, wie es weiter ginge. Bullshit. Ich kann zehnmal sagen, dass es aufhören soll zu regnen. Es wird nicht geschehen. Ja, ich hatte die Wahl, den Terror zu Hause auszuhalten oder zu gehen. Tolle Wahl. Es war das Beste, was ich tun konnte - gehen.

Jetzt hänge ich hier in der WG rum. Nicht wirklich eine Verbesserung. Nur, dass keiner meckert, zumindest nicht zu oft. Mein Mitbewohner ist Bausi, ein Schwarzer.

Bausi bedeutet „er schärft die Messer", hat er mir erklärt. Kommt aus der Bandu-Sprache Suaheli. Er schärft aber eher die Zunge, statt Messer. Hat die Weisheit mit Löffeln gefressen, obwohl er, wie ich, in diesem Loch wohnen muss. Hat auch nichts erreicht. Ist Tellerwäscher in einem kleinen Hotel. Irgendein Blödmann hat ihm die Geschichte von Rockefeller erzählt. Den Müll holt er bei jeder Gelegenheit raus und geht mir damit auf die Nerven. Ich hab ihm hundertmal erklärt, dass man es als Ausländer in Deutschland leichter hat, aber das will einfach nicht in seine Rübe. Der Unterschied zwischen uns sei, dass er was unternehme und ich nur Trübsal blase. Seit ich in letzter Zeit etwas mehr trinke, hat Bausi angefangen, mich extrem zu nerven. Wird meiner Exfrau immer ähnlicher. Am Liebsten würde ich ihn rausschmeißen, um Ruhe zu haben. Doch ich brauche das Geld für die Miete. Allein wäre ich gezwungen aufzugeben und in ein noch schäbigeres Loch ziehen.

Zum Glück gehört ein Fernseher in Deutschland zu den lebensnotwendigen Dingen. Den kann mir keiner nehmen. Er verkürzt den langen Tag. Aber er haut einem immer neue Hiobsbotschaften um die Ohren. Mein Lebensstandard wird weiter in den Keller wandern, denn alles wird teurer.

Schlüssel klappern im Schloss. Bausi kommt nachhause. Ist es schon so spät? Instinktiv verstecke ich die Schnapsflasche, die auf dem Tisch steht. Auf das alte Gelaber über mein Leben, das dem Herrn nicht passt, habe ich keinen Bock. Bausi ist schließlich Gast in unserem Land, da soll er sich auch so benehmen. Er kann seinesgleichen die Leviten lesen, aber nicht mir.

Ich hatte es geahnt. Bausi klopft an meiner Tür. Er bildet sich ein, immer nach mir sehen zu müssen. Schließlich hätte er eine gewisse Verantwortung mir gegenüber. Ich hab ihm mehrfach zu verstehen gegeben, dass ich sehr gut ohne ihn zurechtkomme. Aber vorsichtig. Verderben darf ich es mir mit ihm nicht. Er hatte schon mal angedroht, sich eine andere WG zu suchen, wenn ich nicht endlich mein Leben in den Griff bekommen würde. Er hätte keine Lust darauf, eines Tages eine Schnapsleiche vorzufinden und den ganzen Behördenkram über sich ergehen zu lassen. Also sage ich „herein" und hoffe auf eine kurze Belästigung. Bausi ist, wie immer, bestens gelaunt. Das ändert sich schlagartig, als er sich einbildet, Schnapsgeruch in meinem Zimmer bemerkt zu haben. Sein „hast du wieder gesoffen" kommt vorwurfsvoll. Es folgt der alte Vortrag in seinem gebrochenen Deutsch. Ich solle raus, mir Arbeit suchen und mich nicht nur auf das Arbeitsamt beschränken. Ich erzähle ihm, dass ich vor ein paar Tagen auf dem Arbeitsamt war, wo man mich in eine Putzkolonne stecken wollte. Er solle sich mal vorstellen, was ein Computerfachmann in einer Horde Idioten zu suchen hätte. Natürlich verteidigte er die Putzfuzzis. Die meisten seien keinesfalls Idioten, ich würde mich wundern. War klar, dass er, als Tellerwäscher, seine Spezies in Schutz nimmt. Allerdings muss ich zugeben, dass sich Bausi für eine Menge interessiert und Unmengen Bücher verschlingt.

Er versucht, mir tatsächlich einzureden, dass ich den Job in der Putzkolonne annehmen soll. Man könne ja nebenbei was anderes suchen. Ich würde verblöden, wenn ich nur im eigenen Mief vor mich hin brate. Daraufhin frage ich ihn, von wem er seine Sprüche hat, mit denen er den Klugscheißer spielt. Von mir kann er sie nicht haben, posaunt er herum, denn von mir höre er nur negative und destruktive Dinge. Ist das ein Wunder, sage ich, so wie mir das Leben mitgespielt hat? Andere hätte es härter getroffen, wirft er ein und ich sei selbst schuld an meiner Situation. Wenn ich mich nicht aufgegeben hätte, wäre meine Familie für mich da gewesen und meine Motivation befände sich nicht im Keller. Ich hätte mich frei für dieses Leben entschieden, da Selbstmitleid bequemer sei, als zu kämpfen.

Warum hatte ich damals mein verkorkstes Leben vor ihm ausgebreitet? Mindestens hundertmal hatte ich das schon bereut. Ich hatte damals Verständnis erwartet und mir Nörgeleien eingehandelt. Ich konnte dieses unsinnige Gequatsche nicht mehr ertragen und schmiss Bausi raus. Er hätte ein eigenes Zimmer, da müsse er mir nicht die Luft verpesten. Wenn ich ausfallend wurde, hat es fast immer meine Feinde in die Flucht geschlagen. Und weil ich Ruhe brauchte, war das schon zur Gewohnheit geworden. Für mich war Bausi kein Feind, doch er stand meinen Interessen feindlich gegenüber. Beleidigt erhob sich Bausi und verließ das Zimmer, wobei er mir einen letzten Spruch entgegenschleuderte.

„Deine Luft war schon verpestet. Der Mief steckt in dir drin und stinkt jeden Tag etwas mehr."

So wollte er es sagen, was sich in seinem Deutschkauderwelsch jedoch anders anhörte. Spricht nicht mal richtiges Deutsch und will mich belehren. Die Tür knallte ins Schloss und hallte in meinem Kopf nach. Dabei hatte ich mich darauf gefreut, ein paar Worte mit Bausi zu wechseln. Er war fast der einzige Kontakt zur Außenwelt. Meine Freunde hatten sich schon lange von mir abgewendet. In der Not zeigt sich eben, wer ein Freund ist. Sie hatte es wahrscheinlich gestört, ständig Probleme zu wälzen, die nicht ihre sind. Ich habe nun mal eine Menge Probleme. Was kann ich dafür, wenn nichts Erfreuliches in meinem Leben passiert, über das ich erzählen kann.

Warum gerade ich? Hätte es nicht irgendeinen Idioten erwischen können? Ich war gut in meinem Job und mit meiner Frau und den Kindern hatten wir jede Menge Spaß. Dann hörte es auf. Fast von einem Tag auf den anderen. Das soll meine freie Entscheidung gewesen sein? Ich habe meine Entlassung nicht gewollt. Es kamen nicht genug Aufträge rein. Mit mir gingen auch andere Kollegen in die Arbeitslosigkeit. Doch viele hatten Glück und wieder einen Job bekommen, erzählte man mir. Sie haben sich für das Glück entschieden. Wer hätte da ‚Nein‘ gesagt? Ich kann mich jeden Tag neu entscheiden? Ihr Klugscheißer. Na gut, ich entscheide mich jetzt für eine glückliche Zukunft. Minuten vergehen. Wo bleibt es? Ich würde nie das Glück wegschubsen, wenn es auf mich zukäme. Niemand klopft an meine Tür und übergibt mir einen Lottogewinn. Kann ja nicht, habe nicht gespielt. Bausi würde sagen, dass ich nur eine Flasche Schnaps weniger trinken bräuchte und jede Woche Lotto spielen könnte. Ist das nicht verrückt, jetzt denke ich schon so konfus wie Bausi. Das Beispiel war doof. Eine realistische Variante vom Glück: Warum klopft kein ehemaliger Kollege an meine Tür und sagt, du, die suchen einen Computerspezialisten, morgen geht es los?

Na, wo bleibst du, Glück. Ich habe mich für dich entschieden. Gebannt starre ich die Tür an. Nichts passiert.

Doch da senkt sich der Türdrücker. Mir bleibt das Herz fast stehen. Ist es tatsächlich das Glück, das mein Zimmer betreten wird? Rasant öffnet sich die Tür und ein Kopf schiebt sich herein. Er ist schwarz. Bausi. Schon wieder Bausi.

„Und was ich dir noch sagen wollte. So ein fauler, selbstsüchtiger und unsympathischer Idiot wie du hat dieses Schicksal verdient. Stelle dir mal vor es hätte einen vernünftigen Menschen so hart getroffen."

Es hatte eine Weile gedauert, bis ich sein komisches Deutsch soweit übersetzt hatte, wie er es meinte. Zudem kommt meine Verblüffung hinzu, dass nicht das Glück hereinschaut. Er bleibt in der Tür stehen und scheint auf eine Antwort zu warten, da sich die Verwunderung in meinem Gesicht festgesetzt hat. Nachdem ich seine Frechheit erfasst habe, kommt die Wut zurück, die seit langer Zeit mein Partner ist. „Verschwinde!", schreie ich und werfe einen Latschen nach ihm. Die Tür ist wieder zu. Ich schnappe nach Luft und habe immer noch den Türdrücker im Auge, der für einen Moment eine Hoffnung auf Glück herauf beschworen hatte. Diese dämliche Türklinke hat mein vermeintliches Glück blitzschnell zerstört. Ich war bereit, es zu empfangen, und es hatte mich wieder enttäuscht. Es war aussichtslos - von wegen - ich könnte jeden Tag frei entscheiden und im Leben neu durchstarten - ein Hirngespinst.

Ich angele mir meine Flasche Schnaps aus der Ecke und nehme einen großen Schluck. Bald erfasst mich eine wohltuende Müdigkeit. Ich schlafe ein. Ein letzter Blick fällt auf die Scheibe mit ihren vielen Regentropfen, die wieder in feinen Rinnsalen herunter laufen und sich gegenseitig aus der Bahn schubsen. Ich tauche ab in dieses Labyrinth, in dem überraschend ein Türdrücker auftaucht. Ein wilder Schlaf. Düstere Bilder flackern auf. Ein Schwarzer lacht schallend in dieser dunklen Gasse, die nicht einmal vom Mondlicht aufgehellt werden kann. Ich folge dem Schwarzen, der mich auszulachen scheint. Ich bin wütend und will ihn dafür bestrafen. Selbst während er vor mir davonläuft, lacht er noch. Ich renne immer schneller und dann ist die Straße zu Ende. Ein grelles Licht blendet mich und zeigt die schwarze Silhouette des Schwarzen, der offensichtlich auf mich wartet. Ich gehe näher und erkenne die Gesichtszüge des breit grinsenden Bausi. Er dreht sich um und rennt auf das Licht zu, bis er mit ihm verschmilzt. Das Licht ist so grell, dass mir der Kopf brummt. Ich werde wach davon. Die Sonne scheint durch die klaren Scheiben und verbreitet eine angenehme Wärme. Vom Regen keine Spur mehr - von der Sonne aufgefressen. Mein Schuldiger ist weg. Ich muss mir einen Neuen suchen. Der Kopf schmerzt immer noch. Die leere Flasche Schnaps liegt auf dem Boden und ich habe keinen Schuldigen mehr.

Ein komischer Zufall. Ich gehe ins Bad und trinke Leitungswasser. Das kühle Wasser lockt und ich stecke den ganzen Kopf unter den Wasserhahn. Es ist erfrischend und mein Schädel fühlt sich etwas besser an. Mich zieht es nach draußen. Es stört mich nicht, dass ich unrasiert und nicht gewaschen bin. Ich brauche die Sonne und etwas Glück. Beim Öffnen der Zimmertür denke ich an den Türdrücker, der mir lediglich meinen Mitbewohner beschert hatte. Bausi ist schon lange wieder zur Arbeit. Vermutlich hat er davor seinen Deutschkurs besucht. Zu gern hätte ich mich bei ihm entschuldigt, für das gestrige Benehmen. Doch halt, was sage ich? Hat er mich nicht beschimpft? Ich sei faul, selbstsüchtig und ein Idiot? Er müsste sich entschuldigen, nicht ich.

Ich genieße den herrlichen Sommertag. Glückliche Gesichter überall.

Was ein bisschen Sonne ausmacht. Ich spüre keine Wut mehr in mir. Selbst die abfälligen Blicke, die mich treffen, sind mir egal. Sie stören mich schon, doch sie machen mich nicht wütend. Ich gebe einem seltenen Bedürfnis nach, gehe heim, bade und rasiere mich. Die leeren Schnapsflaschen habe ich in den Container geworfen. Habe vergessen, mir eine Neue zu kaufen. Egal. Ich lüfte mein Zimmer den ganzen Tag. Hinaus mit dem Mief. Vermutlich hatte mir der Sauerstoff gefehlt, denn ich fühle mich viel besser.

Das Schlüsselgeklapper von Bausi hört sich heute versöhnlicher an. Er klopft an die Tür. Ich lasse ihn herein. Innerlich habe ich ihm verziehen, dass er mich um mein Glück betrogen hat, als er im falschen Moment den Türdrücker betätigt hatte. Ein kurzer Freudenstrahl huscht über sein Gesicht, als er die Veränderung an mir und im Zimmer wahrnimmt.

„Riecht gut hier", ist alles, was er sagt und setzt dann eine trübe Miene auf.

Ich muss ihm jede Kleinigkeit aus der Nase ziehen. Am Ende habe ich erfahren, dass man ihn abschieben will. Es wäre mühselig, alle Gründe aufzuzählen, die man sich für diesen Beschluss ausgedacht hatte. Es war fadenscheinig und für mich nicht nachvollziehbar. Das werde ich mir nicht gefallen lassen. Wer es wagt, mir meinen Mitbewohner zu nehmen, wird mich kennenlernen. Es steht fest – ich werde für ihn kämpfen. Habe ja Zeit genug. Es ist nicht nur sein Mietanteil, der mir fehlen wird. Er wurde im Laufe der Jahre ein Teil meines Lebens, auch wenn die Einmischung in meine Belange oft genervt haben. Ich mag ihn, mit seinem Holperdeutsch.

Will ich bei meinem Kampf für ihn Erfolg haben, muss ich so viel Fakten, wie möglich, sammeln. Bausi breitete seine ganze Geschichte vor mir aus. Erstaunlich, wie wenig ich von ihm wusste. Mir hatte es immer ausgereicht, ihm mein eigenes Leid zu klagen, mein verkorkstes Leben vor ihm darzustellen, wie es für mich am günstigsten war.

Verglichen mit dem, was er durchgemacht hat, ist mein Leben ein Honigschlecken. Mit Sicherheit würde ich ihn, wenn ich geschickt taktiere, vor der Abschiebung bewahren können. Doch dann heißt es: am Ball bleiben. Es sind anstrengende Tage, an denen ich im Internet recherchiere, Bausi erneut interviewe und tausend Varianten eines Protestbriefes entwerfe. Ich merke gar nicht, wie die Zeit vergeht. Du trinkst ja gar kein Alkohol mehr, bemerkt Bausi anerkennend. Ich winke ab, fasele was von „keine Zeit" und denke erst im Nachhinein darüber nach.

Erst Tage später registriere ich, dass ich mich wohler fühle. Im Vergleich zu meiner depressiven Phase bin ich jetzt geistig und körperlich fit. Das sagt mir, dass ich noch nicht der Sucht verfallen bin. Und endlich ist der Tag gekommen, an dem ich Bausi mein Schreiben überreiche, gespickt mit Argumenten, Paragrafen, moralischen Lehrstücken und juristischen Feinfindigkeiten, die einen Hauch von Professionalität erkennen lassen. Bausis Gesichtsausdruck, nachdem er es gelesen hat, ist die schönste Belohnung für all die Quälereien. Tränen laufen über sein Gesicht und er erdrückt mich fast, vor Dankbarkeit.

Und dann lässt der Schweinehund die Katze aus dem Sack. Er erklärt mir, dass er glücklich ist, einen solchen Freund gefunden zu haben und es wenige gäbe, die das für ihn tun würden. Aber er wird gar nicht abgeschoben. Er wollte nur, dass ich meinen Arsch hochkriege und wieder lebe. Bist du bescheuert, Bausi? Denkst du, ich habe lange Weile? Er konterte mit einem kühlen ‚Ja'. Ob ich gespürt habe, wie es ist, wieder eine echte Aufgabe zu haben? Ob ich in dieser Zeit nicht ausgeglichener und zufriedener war? Ob ich nicht endlich anfangen wolle, mir etwas zu suchen, was meinem Leben einen Sinn gäbe.

Es war ein Schock. Ich beschimpfe Bausi, wie in alten Zeiten und werfe ihn wieder mal aus meinem Zimmer. Mit dem üblichen Hinweis, er habe ein eigenes Zimmer und brauche sich hier gar nicht mehr sehen zu lassen, hoffe ich ihn los zu sein, und wieder in den normalen Alltag zurückzufinden.

In den nächsten Tagen fegt ein Wirbelsturm durch mein Hirn. Was ist richtig, was falsch? Bausis Betrug ist für mich schwer zu verkraften. Einerseits ist es Bausi gelungen, etwas Lebensfreude für mich zurückzuholen, andererseits hat er mein Vertrauen missbraucht. Ich greife instinktiv zur Schnapsflasche, die nicht da ist.

Die letzten Tage fliegen in diesem Moment durch meine Überlegungen und ich erkenne die Veränderung zu dem trostlosen Leben der vergangenen Jahre. Seit ich mich nicht mehr hängenlasse, reagieren die Menschen anders auf mich. Ich habe weitestgehend meine Aggressionen abgelegt und wieder gelernt, mir eine Aufgabe zu suchen. Ich recherchiere im Internet nach neuen Jobs und denke sogar über artfremde Betätigungen nach. Einige Bewerbungen kamen schon mit Ablehnung zurück. Doch ich habe die Freiheit zu entscheiden, ob ich aufgebe oder kämpfe.

Die Flasche bleibt im Regal stehen. Soll sie das Kaufhaus behalten. Sie nimmt mir die Chancen, die nicht so reichlich gesät sind. Die Schuld hat einen neuen Namen. Nein, sie heißt nicht Alkohol, sie trägt meinen eigenen Namen.

Ich werde meine Vergangenheit neu durchleuchten, all meine Urteile revidieren und neu fällen. Dieser letzte Griff zur Schnapsflasche, der nicht möglich war, läutet eine Zukunft ein, die ich selbst bestimmen werde. Heute sage ich dem Glück: Ich will dich und wenn ich dich aus der dunkelsten Ecke zerren muss.

Es hatte begonnen, als sich die Türklinke gesenkt und Bausi den Kopf hereingesteckt hatte und fragte, ob ich immer noch einen Mitbewohner suche.

So wie die Schuld einen neuen Namen bekam, wird das Glück, das momentan mit Bausi verknüpft ist, hoffentlich einen Namen bekommen, der mit mir zu tun hat.

Ich habe keine Chance mehr, Bausi dafür zu danken. Er ist seit ein paar Tagen verschwunden. Leider konnte ich nicht in Erfahrung bringen, wo er steckt. Das Telefon klingelt. Es ist jemand, der mir einen Job anbieten möchte. Nichts Besonderes, er braucht eine neue Küchenhilfe und ich sei ihm empfohlen worden. Ich denke an die Idioten der Putzkolonne, die Bausi so beherzt verteidigt hatte. Seit mich der Alkohol und die Wut verlassen haben, waren Reinigungskräfte normale, gleichwertige Menschen, denen ich ohne Nasenrümpfen begegnen kann. Wer weiß, ob ich den Anforderungen der neuen Aufgabe gewachsen bin. Ich werde es nur herausfinden, wenn ich zu diesem Bewerbungsgespräch gehe. Bausi würde sich freuen, wenn er mich als Kollegen betrachten könnte.

Das Gespräch ist kurz.
Bausi hatte mich seinem Chef empfohlen, da er selbst gezwungen war, zu kündigen. Er wird tatsächlich abgeschoben. Da Bausi ein beliebter und zuverlässiger Mitarbeiter war, genügte dem Hotelchef dessen Empfehlung. Mein Gehalt dürfte sogar ausreichen, um die Miete allein aufzubringen, zumal ich in Aussicht stelle, bei Problemen im Computersystem und beim Bedienen auszuhelfen, wenn Not am Mann wäre. Ich höre gleichzeitig, dass heute der Tag sei, an dem Bausi das Flugzeug in seine Heimat besteigen würde, um nicht mehr zurückzukommen. Er hatte gewünscht, dass ich es in letzter Minute erfahre, falls ich zum Einstellungsgespräch käme. Es ist genug Zeit, um mit den öffentlichen Verkehrsmitteln zum Flughafen zu kommen. Ich erkenne sofort, wohin ich mich wenden muss. Die Polizei sichert die Abzuschiebenden. Bausi macht einen ausgeglichenen, fast

fröhlichen Eindruck. Ich werde anstandslos durchgelassen, um Abschied zu nehmen. Wir umarmen uns und diesmal heule ich. Es war also eine Lüge, dass du mit der drohenden Abschiebung gelogen hast, stelle ich fest. Bausi wollte nicht, dass ich mich für ihn aufreibe. Er wollte nur herausfinden, ob er mir gleichgültig ist und ob ich aus eigener Kraft meine Misere beenden kann. Diese Lehre wollte er mir zum Abschied schenken.

Meinen Brief hatte er nie verwendet. Er hatte zum Teil gelogen, was seine Lebensgeschichte betraf. Ihm war von Anfang an klar, dass er keine Chance hatte, hierzubleiben, da er hier nicht geboren worden war und nicht verfolgt wurde. Darum sollte ich nicht weiter für ihn kämpfen. Sinnlose Kämpfe seien nicht gut für die Seele. Außerdem sei meine Seele noch zu schwach, um eine solche Niederlage zu verkraften. Bausi hatte in Deutschland auf ein besseres Leben gehofft. Seine Ersparnisse werden jedoch reichen, um sich in seiner Heimat eine kleine Existenz aufzubauen.

Und das deutsche Sprichwort, dass jeder Tag ein neuer Anfang sei, hatte sich wieder bewahrheitet, was ja auch meine Entwicklung beweist. Er gibt mir seine Adresse und wir versprechen uns, in Verbindung zu bleiben.

„Mach mir keine Schande", waren seine letzten Worte.

Ich hätte ihm gewünscht, hierbleiben zu dürfen. Lange schaue ich dem Flieger hinterher. Bausi, der die Messer schärft, wird, bei jedem Schritt, den ich voranschreite, bei mir sein. Wenn ich zu schwächeln beginne, werde ich mich daran erinnern, dass die Messer wieder zu schärfen sind.

Schon am nächsten Abend klingelt es bei mir. Es gibt niemanden, den ich erwarte. Ich öffne die Tür und traue meinen Augen nicht. Vor mir steht ein Schwarzer. Nein, es ist nicht Bausi. Es ist Chi. Chi hat gehört, dass in meiner WG ein Platz frei geworden ist. Sein Deutsch ist noch schlechter als das von Bausi. Obwohl ich keinen neuen Mitbewohner mehr aufnehmen wollte, sage ich ihm zu, nachdem ich höre, dass er den Tipp von Bausi bekommen hat.

Traut er mir einen Rückfall zu und schickt einen Aufpasser, oder erwartet er Hilfe für Chi? Es ist mir egal. Während ich Näheres über Chi erfahre, denke ich einen kurzen Augenblick, dass es Bestimmung sein muss.

Chi ist ein Name aus der Sprache „Igbo", die in Nigeria zu Hause ist. Chi bedeutet Gott oder Schöpfer. Ich möchte nicht weiter darüber nachdenken. Doch eines ist sicher. Wenn sich die Türklinke senkt, wird es das Glück sein, das hereinkommen möchte.

Mit meinem Job im Hotel geht es gut voran. Sogar am Computer hatte ich einige Einsätze. Chi hat einen Job in einer Putzkolonne gefunden. Er ist kein Idiot, und ich bin ebenfalls keiner. Es haben sich wieder neue Freunde eingestellt. Vermutlich, weil ich meine Wut verloren habe. Bausi hatte mir gezeigt, dass es nur die Wut auf mich selbst war. Und wenn ein kleiner Hauch davon zu mir zurückzukommen versucht, verfliegt er, sobald ich das nächste Messer abwasche.

Seit Tagen hat sich wieder das trübe Herbstwetter eingeschlichen. Ich habe Post von Bausi. Sein Brief liegt ungeöffnet auf meinem Tisch. Bewusst zögere ich diesen Augenblick hinaus. Was ist, wenn darin keine guten Nachrichten warten? Ich höre Bausi schimpfen. Du hast Angst vor schlechten Nachrichten? Woran willst du erkennen, was schlecht ist? War es schlecht, als du deinen Job verloren hast? Mag sein, aber es war auch eine neue Chance. Du hast dich endlich selbst kennengelernt und die Oberflächlichkeit und deinen Egoismus abgelegt. Heute bist du stärker als damals. Heute haut dich eine schlechte

Nachricht doch nicht mehr um. Mach schon meinen Brief auf.

Bausi verdanke ich, dass ich solcher Gedanken wieder fähig bin, Gedanken, die Optimismus ausstrahlen. Warum habe ich dann diese Angst, den Brief zu öffnen? Wahrscheinlich könnte ich es schwer ertragen, wenn gerade ihn das Glück verlässt. Obwohl ich sicher bin, dass er selbst in einem scheinbaren Unglück, den Keim für eine neue Chance entdecken würde, will ich das nicht hören. Kein Mensch kann, wenn er alles verliert, seinen Optimismus bewahren - oder doch? Ich hatte mich für einen optimistischen Menschen gehalten, als die Welt noch in Ordnung war. Erst mein kompletter Zusammenbruch hatte ihn mir genommen.

Falsch, würde Bausi sagen, du hast nie Optimismus besessen. Es war auch kein kompletter Zusammenbruch. Schritt für Schritt bist du selbst in den Abgrund gestiegen. Eine Treppe hinab zu steigen ist immer leichter als ein Aufstieg.

Der Optimist scheut diese Mühe nicht. Es ist eigenartig. Ich bin inzwischen in der Lage, wie Bausi zu denken. Dennoch gebe ich diesen Gedanken den Namen Bausi. Habe ich sie für mich nicht angenommen? Tragen sie ein zu großes Fragezeichen auf dem Buckel?

Nein, noch trägt das Glück nicht meinen Namen. Mein Glück läuft auf Krücken und eine dieser Krücken ist Bausi. Darum liegt der Brief wie Blei in meinen Händen. Bricht mir diese Stütze weg, könnte mein Glück ins Straucheln kommen. Öffne ich diesen Brief nicht, wäre es Verrat an Bausi. Ich würde damit die Wahrhaftigkeit seiner positiven Lebenseinstellung infrage stellen. Selbst wenn er mir sein Unglück präsentiert, wird er es so verpackt haben, dass daraus schon die Sonne hervorbricht. Ich lächele und öffne vorsichtig den Brief. Es ist ein Foto darin, Bausi mit seiner Mutter vor ihrer Lehmhütte. Sie sehen glücklich aus. In seinen Zeilen dankt er Gott für die Zeit, die er in Deutschland verbringen durfte. Diese hätte ihm viel gegeben.

Besonders schwärmte er von den deutschen Volksweisheiten, die ihm manchmal weiter geholfen haben. Ja, Bausi, du hast sie mir oft unter die Nase gerieben. Zu schade, dass ich dir keine vermittelt habe. Es war mir nicht bewusst, dass du dich für Aphorismen interessierst.

Sein Volk pflegt ebenso einen Schatz an Weisheiten, die mir nützlich sein können. Voller Stolz führte er zwei dieser Lehren an:

„Der Einäugige dankt Gott nur dann, wenn er einen Blinden sieht."

Der zweite Spruch war etwas länger: „Gott schuf das Meer, wir das Schiff. Gott schuf den Wind, wir die Segel. Gott schuf die Windstille, wir die Ruder."

Ich verstehe, was er mir damit sagen will. Beide Sprüche werden mich in die Zukunft begleiten. Sie werden das Band symbolisieren, das mich mit Bausi verbindet. Dann erfahre ich, dass er sich von dem ersparten Geld Werkzeug, gutes Werkzeug, gekauft hat. Er wird Möbel bauen und verkaufen. Mit seinem letzten Satz wiederholt er seine Abschiedsworte vom Flughafen: Mach mir keine Schande. Ich zweifle nicht daran, dass Bausi erfolgreich sein wird. Er wird mir keine Schande machen. Hin und wieder werde ich ihm dennoch etwas Geld schicken. Der Regen ist energischer geworden. Er trommelt ausdauernd gegen die Scheiben und fordert, wachsam zu bleiben. Er hat unbeschadet und ohne Vorwürfe die Last meiner Schuld getragen. Ich habe mich mit ihm versöhnt. Das Foto von Bausi hat eine alte Wunde aufgerissen. Die Sehnsucht nach Familie erfasst mich. Ich wage diesen Schritt nicht. Bausi hatte es treffend formuliert: Du bist ein fauler, selbstsüchtiger und unsympathischer Idiot. Jemand wie du hat dieses Schicksal verdient.

Dieser Idiot ist nun fort. Ich bin wie Phönix aus der Asche gestiegen. Doch in den Köpfen meiner Kinder und meiner Frau, aber auch in denen der alten Freunde, werde ich noch lange diese Asche sein. Wer rennt schon zu einem Haufen Asche, um zu sehen, ob dort ein Vogel emporsteigt. Dieser Vogel wird schon selbst in die Welt fliegen müssen, um seine Auferstehung zu verkünden. Doch das ist schwer, zumal ich ihrer nicht vollständig sicher bin. Für meine Familie wird dieser Vogel immer mit der alten Asche bedeckt sein und die Frage wird im Raum stehen, ob er sie je abschütteln wird.

Das Risiko ist zu hoch, diesem alten, angeschlagenen Phönix eine Chance zu geben, wo es doch so viele, neue, schillernde Vögel gibt. Es ist schwerer, ein Bild zu restaurieren, als es durch die richtige Behandlung in Form zu halten. Was werden sie sehen, wenn ich ihnen gegenüber trete? Den ramponierten Vogel, den vorübergehend hergestellten Wackelkandidaten oder den Verlorenen?

Wieso fehlt in meiner Aufzählung die positive Aussicht? Könnten sie den alten Vogel in all seiner Pracht wieder auf den Sockel heben? Ich sollte lieber eine neue, unbelastete Bindung eingehen.

Das Schicksal hat mir heute meine Familie auf dem Präsentierteller serviert. Durch Zufall sehe ich durch die Luke der Küche meine Kinder mit ihrer Mutter im Gastraum des Hotels sitzen. Sie hat offenbar keinen neuen Partner. War es Fügung, dass sie sich ausgerechnet das Restaurant dieses Hotels ausgesucht hat, um Essen zu gehen? Das wird ein Zeichen sein. Nachdem ich es meinem Chef erklärt habe, erlaubt er mir, dass ich diesen Tisch bediene. Ich schlüpfe schnell in die Kellnerkluft und stehe zitternd vor ihnen. Ich hoffe, dass sie mir die Aufregung nicht anmerken und frage freundlich nach ihren Wünschen. Ein Lächeln huscht über das Gesicht meiner

Kinder und erstirbt sofort, als sie den kalten Blick ihrer Mutter bemerken.

Sie steht auf und sagt kühl: „Verzeihen Sie, aber ich habe mich anscheinend im Restaurant geirrt. Kommt Kinder.“

Ohne mich eines weiteren Blickes zu würdigen, verlässt sie das Haus, während ihr die Kinder unsicher folgen. Nur meine Tochter dreht sich am Ausgang um und wirft mir ein schüchternes Lächeln zu.

Ich stehe, wie vom Blitz getroffen, mit gesenktem Kopf, am Tisch, unfähig, mich zu bewegen. Letztendlich holt mich mein Chef in die Küche zurück. Er gibt mir für den Rest des Tages frei. Seine Worte „Das wird schon!“, klingen wie Hohn in mir nach.

Ich nutze den Heimweg, um einzukaufen. Das Erlebnis verfolgt mich und trabt in unterschiedlichsten Varianten durch meinen Kopf.

Das, was ich mir erträumt hatte, wechselt sich mit dem erlebten Schreckensszenario ab und wird von weiteren, schlimmeren Vorstellungen abgelöst. Und plötzlich stehe ich vor einem Regal und starre überrascht auf meine Hand. Sie umschließt den Hals einer Schnapsflasche und ist im Begriff, sie in den Einkaufswagen zu stellen. Lange verharre ich so. Ist das Schicksal? Ich ringe mit mir, doch es sind wirre Gedanken. Dann hebe ich sie in den Wagen, lasse sie aber nicht los.

Eine schwarze Gestalt huscht vorbei. War es doch nur ein Schatten? Ich halte inne, schaue mich um. Die Gestalt ist verschwunden. Habe ich Gott gesehen?

Quelle Aphorismen:
Website: gutezitate.com

Tödliche Sicherheit

Welcher Teufel mich geritten hatte, dieses Haus bauen zu lassen, wird mir ewig ein Rätsel bleiben. Ihm lieferten wir uns bedingungslos aus, mit ihm zerstörten wir praktisch unsere Familie und zu allem Überfluss wurden wir von ihm vollkommen entmündigt. Den Weg durch die Hölle haben wir uns selbst programmiert, ohne es vorauszusehen. Wann es uns töten würde, schien nur eine Frage der Zeit zu sein. Und dennoch wurden wir von aller Welt beneidet. Uns blieb nichts anderes übrig, als diesen ungleichen Kampf aufzunehmen, wenn wir überleben wollten, wenn wir ein Leben zurückhaben wollten.

Unser Sohn Rasmus drang zur Eile. Um jeden Preis versuchte er, auf diese Welt zu kommen, und ließ über die Verschiebung des Geburtstermins keine Diskussionen zu.

Wir mussten also aus dem Knick kommen.

Vor allem meine Frau Iridia hatte diesen Traum, Rasmus von der ersten Stunde an, in seinem eigenen Zimmer aufwachsen zu sehen. Zum anderen hätte dies den Vorteil, dass sie ihr kleines Modeatelier im eigenen Haus betreiben konnte, was ihr die ständige Nähe zu unserem Sohn ermöglichte. Für ein paar Stunden würden wir ein Kindermädchen beschäftigen müssen, da ich, Holger Farunge, meistens spät nachhause kam. In meinem Job war Heimarbeit nicht möglich. Als Finanzdirektor der Baubehörde unseres Bundeslandes hatte ich immer präsent zu sein, da mein Wort über den Fluss der Gelder entschied, darüber, welche Konzepte förderungswürdig waren und welche nicht. Folglich überhäufte man mich mit dringlichen Terminen, die vorrangig von den Kontrollgremien, den Bittstellern und den Klägern diktiert wurden. All meine Aktivitäten waren demzufolge mit Explosivstoff angereichert, den ich mir nicht in mein Haus holen würde. Ich liebte die Geborgenheit des eigenen Heims und unternahm, was mir möglich war, uns dies zu erhalten. Doch diese eine falsche Entscheidung ruinierte alles. Da wir uns schon zu lange durch mangelnde Entscheidungsfreudigkeit das Leben schwer gemacht hatten und immer noch keinen Auftrag für unseren Hausbau erteilt hatten, obwohl das Grundstück seit ein paar Monaten bereitstand, kam dieses überraschende Angebot genau richtig. Durch meine Arbeit hatte ich schon unzählige innovative Projekte kennengelernt, doch dieses stellte alles in den Schatten. Es machte mich nicht stutzig, dass dieses beispiellose Konzept nicht über meinen Tisch gegangen war, was es zweifelsfrei müsste, wenn es in unserem Bundesland registriert wäre. Auch andere Länder glänzten mit brillanten Neuerungen, was ich stets neidlos anerkannte.

Als Referenzobjekt in der Region, das wir, ohne für die Kundenberatung zuständig zu sein, bewohnen sollten, stellte man Sonderkonditionen in Aussicht. Unser Haus wäre, im Vergleich zu einem Gängigen gleicher Größe, kaum teurer. Dennoch bot es weit mehr, als erwartet. Ein Vollkomforthaus, das für unsere Sicherheit, unser gesundheitliches Wohlbefinden und unsere Entspannung garantieren würde, könnte bald uns gehören und das nach kürzester Bauzeit. Rasmus könnte sich Zeit lassen, während wir es in Ruhe testen. Über die wichtigsten Details entschieden wir mit, doch es gab ein striktes Verbot, die Baustelle zu betreten. Man schirmte sich dermaßen ab, dass die Bautätigkeit von keiner Seite aus, selbst nicht von oben, einsehbar war. Verständliche Ursache ist das Know-how, das unter allen Umständen geschützt werden musste. Jede Wand des Gebäudes wäre angeblich mit Hightech gespickt, um sämtliche Systeme optimal aufeinander abstimmen zu können. Kein Partikel der Luft würde unkontrolliert das Haus betreten bzw. verlassen. Kein elektronisches, visuelles oder akustisches Signal bliebe unregistriert. Und all diese Daten wurden in einen Zentralcomputer gespeist, der auch den Kontakt zur

Außenwelt nutzen und kontrollieren würde. Etwas viel Kontrolle, wie wir meinten, und so bot man uns an, ein halbes Probejahr in diesem Haus zu verbringen, um danach zu entscheiden, ob wir weiterhin darin wohnen wollen. Im Falle unserer Absage würde man alle weiteren Kosten tragen, die durch Rückbau, Umzug und Unterbringung während eines alternativen Neubaus anfielen. Da all dies vertraglich geregelt war, kam etwas Vertrauen in uns auf. Welchem Unternehmen wäre es möglich, so ein Risiko einzugehen? Das klang nach Sicherheit. Dass wir all unsere persönlichen Daten preisgeben mussten, bis hin zu diversen Vollmachten, die jederzeit aufgehoben werden konnten, mit eventuellen Schadenersatzleistungen bei Missbrauch, akzeptierten wir mit einem etwas mulmigen Gefühl, sicherten uns jedoch durch hochkarätige Anwälte ab. Bei Zustandekommen des Hauskaufs würden sämtliche Vollmachten und Unterwerfungen, nach der Probezeit, auf Dauer Vertragsbestandteil. Da ich beruflich viel um die Ohren hatte, beschloss ich, den Anwälten blind zu vertrauen. Wir fieberten dem Probehalbjahr entgegen und wurden schon beim Einzug positiv überrascht. Alle Details, bis hin zu Lampen, Möbel, Gardinen, Raumaufteilungen etc. waren exakt nach unseren Wünschen umgesetzt worden. Wir waren nicht einmal mit dem Möbelkauf und Transport belastet worden. Jede Farbe traf unseren Geschmack, alle Ecken des Raumes strahlten Gemütlichkeit aus. Zum Einzug wurden die Bekannten und Verwandten eingeladen, um analysiert zu werden. Von den Personen, die sich bereiterklärten, wurde der Gesundheitszustand gecheckt und archiviert. Die Bewohner des Hauses, unser Sohn erst ein viertel Jahr später, nachdem er geboren wurde, hatten sich in eine Röhre zu legen, die jede Körperzelle analysierte und abspeicherte. Auf dieser Grundlage könne man alle Veränderungen feststellen und notwendige Maßnahmen einleiten, wenn es Gefahren gäbe.

Endlich waren wir wieder allein. Wir setzten uns auf das weiche Sofa, das sich in der Stabilität dem Körper anpasste, um unser Stützsystem nicht zu schädigen, und schauten auf eine Fläche an der Wand, wo planmäßig der Fernseher sein sollte. Man hatte uns mitgeteilt, dass das Haus bei Bedarf mit uns reden würde. Als jedoch seine dezente Stimme ertönte, überraschte es uns doch.

„Wollt ihr einen Fernsehsender empfangen oder ein Video sehen?"

Allein aus unserer Haltung heraus und dem Verharren der Blicke an der Wand, hatte es unseren Wunsch erkannt. Wir sahen einen Film an, dessen Bild fast die ganze Wandfläche einnahm, ohne dass eine Art Schirm erkennbar war. Nach diesem medialen Genuss führten wir ein erstes Gespräch mit dem Haus. Es wurde eine Art Einweisung. Wir einigten uns darauf, dass das Haus nur sprechen solle, wenn wir ihm eine Frage stellten oder es der Meinung wäre, dass ein wichtiges Problem zu klären sei. Zudem durften wir seine Stimme aussuchen, was jederzeit änderbar war. Wir vereinbarten eine sanfte Frauenstimme, die mütterlichen Charakter trägt, was für Rasmus vorteilhaft sein würde, wenn er denn käme. Während wir uns das Video angesehen hatten, zu dem unser Haus ungefragt die optimale Beleuchtung und Lautstärke einstellte, lag Iridia in meinen Armen und seufzte zufrieden. Ein kleiner Roboter kam angeschwebt und brachte ein Tellerchen mit Kirschen und Wasser. „Nein danke, wir möchten im Moment nichts", wand meine Frau ein.

„Im Interesse von Rasmus würde ich dringend empfehlen, diese Kirschen und das Glas mit den Mineralien zu sich zu nehmen. Rasmus hat momentan etwas Eisen- und Zinkmangel."

Mit diesen Zauberworten ließ sich Iridia lächelnd überreden.

Im Laufe der nächsten Wochen lernten wir, auch durch Nachfragen an das Haus, dass es keine zu öffnenden Fenster gab. Dennoch zog frische Luft durch sie hindurch, die von Pollen, allen möglichen Schadstoffen und Getier gereinigt und ständig analysiert wurde. Jeder Gang auf die Toilette wurde von einer Analyse unseres Stuhlgangs und des Urins begleitet. Anfangs waren wir verwundert, dass Medikamente geliefert worden waren, die durch eine Lieferantenklappe geschoben wurden und exakt mit allen notwendigen Daten, wie Zielperson, Anwendung usw. beschriftet waren. Beim Nachhausekommen untersuchte das Haus mit Hilfe der Türklinke den Handschweiß und erließ gelegentlich Anweisungen, um von uns Schaden abzuwenden. Krankheitserreger wurden sofort erkannt, was uns, vor Betreten der Wohnräume, den Gang in eine kleine Desinfektionskammer im Eingangsbereich einbrachte. Wenn wir uns dagegen auflehnten, überzeugte der Hinweis, dass keine weiteren Garantien für unsere Gesundheit übernommen und eine Meldung ans Gesundheitsamt und an den Hausbetreiber erfolgen würde.

Es war nicht die Angst vor dem Bekanntwerden dieses Faktes bei meinen Kollegen, eher die Sorge unserem werdenden Sohn nicht zu schaden. Wir ordneten uns schließlich bedingungslos unter und wurden nicht enttäuscht. Nachdem Rasmus dann da und seine Körperanalyse abgeschlossen war, lernten wir, die Besorgnis des Hauses, wirklich zu schätzen. Endgültig überzeugte es uns, als eine Kundin meiner Frau und ein Kindermädchen abgewiesen wurden, da sie eine infektiöse Krankheit, bzw. einen hochgradig giftigen Krankheitserreger in sich trügen. Der anfängliche Unmut der Leute verwandelte sich in Dankbarkeit. Empört schalteten sie ihren Arzt ein, um uns das Gegenteil zu beweisen. Doch dessen Diagnose deckte sich mit der

Analyse des Hauses. In einem Fall führte der Einsatz des Hauses sogar zur Lebensrettung eines Besuchers.

Unser Rasmus gedieh prächtig. Wir nutzten sogar das Angebot des Hauses, im Dachgeschoss den Urlaub zu verbringen. Fast die Hälfte des Daches bestand aus Glas, das optisch alle Wettersituationen simulierte, wenn wir es beauftragten.

Ein großer Pool, mit Meeresstrand gestaltet, mit Schwimmer- und Nichtschwimmerbereich, ließ sich in jede idyllische 3D-Landschaft einbinden, die wir wünschten. Dies war zwar ebenfalls nur Illusion, doch das jeweilige Klima wirkte realistisch, bis hin zum Wind. In Zeiten der Bronchitis unseres Sohnes half ihm die salzhaltige Meeresluft schnell darüber hinweg. Die Ernährung hatten wir komplett umgestellt, da es unser Haus, das wir inzwischen Marga nannten, so empfahl. Das halbe Jahr war wie im Fluge vergangen. Wir fühlten uns rundum wohl.

Egal, welches Wetter draußen wütete, die Räume waren immer bestens klimatisiert, obwohl Fenster und Türen nie offen standen. Die neue Ernährung hatte uns eine bessere Vitalität beschert und der vom Haus gesteuerte Lebensrhythmus hatte eine stressabbauende Wirkung. Es griff sogar ein, sobald sich zwischen Iridia und mir Spannungen aufbauten. Manchmal genügte es schon, wenn es entspannende Musik einspielte, so dass uns dadurch bewusst wurde, dass mit uns etwas nicht stimmte und wir vor dem Reden nachdachten. Dennoch fiel es uns nicht leicht, nach dem Probehalbjahr den Vertrag zu unterschreiben. Bevor wir diesen verheerenden Schritt vollendeten, hatten wir uns alle untersuchen und aufwändig prüfen lassen, ob es irgendeinen Missbrauch der Vollmachten gegeben hatte. Es gab nicht die geringsten Beanstandungen. Wir drei hatten eine beispielgebende Gesundheit. Sogar kleine Wehwehchen, die wir vor dem Einzug gepflegt hatten, waren restlos verschwunden. Den

Ausschlag gab allerdings die mehrfache Bewahrung unseres Sohnes vor Schaden.

War es Zufall, dass Rasmus zu weinen begann, als ich die Unterschrift unter den Vertrag setzte? Ich habe später oft darüber nachgedacht, war jedoch zu sehr Realist, um daran festzuhalten. Jetzt war dies endgültig unser zu Hause. Wir hatten nun ein weiteres Familienmitglied – Marga. Falsch – wir hatten ein neues Familienoberhaupt. Im Nachhinein wurde uns klar, dass Marga die Harmlose gespielt und nur einen klitzekleinen Bruchteil ihrer Fähigkeiten zum Besten gegeben hatte. Wir waren nicht am Kleingedruckten des Vertrages gescheitert, sondern an der Auslegung, da versäumt wurde, detaillierte Definitionen einfließen zu lassen.

Jetzt, da Marga wusste, dass sie uns – ja eigentlich wir ihr – gehörten, wurde sie wesentlich strenger. Wir würden bald erfahren, dass sie unseren Willen brechen kann, sobald wir ihren Anweisungen nicht folgen. Sie holte uns immer wieder auf den Boden der Tatsachen zurück, sobald wir aufbegehrten. Sie hatte das Sagen, wenn es um die Garantie der Gesundheit, der Sicherheit und um die Einschätzung von Risiken ging. Sie presste alles strikt in diese Formel. Unsere Meinung zählte nicht mehr. Kam ich heim, erfasste mich anfangs ein Schmunzeln, wenn ich meine Frau im Fenster erblickte, die mir strahlend zuwinkte. Ich schrieb es Margas Zuneigung zu, die Bilder in die Scheiben projizierte, um uns freundlich zu stimmen. Denn als ich ins Haus trat, befand sich Iridia in einer ganz anderen Etage des Hauses. Als ich es meiner Frau erzählte, amüsierten wir uns beide darüber. Stattdessen hätten wir registrieren sollen, dass niemand ins Haus hineinsehen kann, bzw. nur das geboten bekommt, was Marga zu vermitteln wünschte. Dass es sich ähnlich mit dem Schall verhielt, bemerkten wir viel später. Die Nachbarschaft glaubte, einiges über uns zu wissen. Doch ihnen wurden nur, für uns vorteilhafte Szenen, vorgespielt. Währenddessen würde es niemand bemerken, wenn wir uns die Köpfe einschlügen. Dass sie die Projektionen mit unseren Stimmen vervollkommnen konnte, erfuhren wir, als sie Rasmus mit der Stimme Iridias gefügig machte.

Wir kamen an den Punkt, herausfinden zu wollen, welche Wirkung Marga auf unsere Außenwelt hatte. Inzwischen zweifelte ich an, dass Informationen, die ich im Internet abrief, die per e-mail hereinkamen und hinausgingen, realistisch waren. Hatte Marga ihr eigenes Internet kreiert, das uns nur gefiltert zur Verfügung stand, da uns Teile davon, ihrer Meinung nach, schaden könnten? Wir beschlossen, sie zu testen. Die einfachste Quelle, das Internet, brachte nur positive Berichte über das Unternehmen, bei dem wir das Haus gekauft hatten. Selbst die Recherchen, die ich auf meiner Dienststelle anstellte, stimmten damit überein. Stutzig machten mich Gespräche mit den Nachbarn, die von Unterhaltungen mit mir und meiner Frau berichteten, die nie stattgefunden hatten. Wir galten als die Vorzeigefamilie, die permanent von diesem Haus schwärmte und es für unser Glück verantwortlich machte. Das Unternehmen hatte sich auf die Art eine perfekte Werbung organisiert, die davon lebte, ihre Illusionen in eine beispiellose Mundpropaganda einfließen zu lassen. Inzwischen hörten wir, dass es schon mehrere Häuser unserer Art gab, die inzwischen um ein Vielfaches teurer waren. Rasmus war schon fast zwei Jahre alt. Kontakte zu anderen Kindern gab es nur über den Bekanntenkreis, der gern seine Kinder zu uns schickte, da er von den sagenhaften medizinischen Analysen gehört hatte, von denen ja auch unsere Besucher profitierten. Man riss sich darum, ihren Nachwuchs auf unserem großen Freigelände spielen zu lassen, so dass wir die Gunst der Stunde genutzt und eine Art Gruppen-Kinderbetreuung über das Kindermädchen aufgezogen hatten. Ein strenges Besucherverbot hatte Marga für den Urlaubsbereich unterm Dach, für Küche und Bad ausgesprochen. Die Fremdkinder betraten den Freibereich immer durch einen äußeren Zugang, der ebenfalls eine medizinische Schleuse besaß, liefen nie durchs Haus und durften nur ein bestimmtes Zimmer nutzen, das mit einem gesonderten Sanitärbereich gekoppelt war. Eines Tages sprach mich ein Nachbar auf unseren Urlaub auf den Balearen an. Ich fragte mich, woher er von dieser Urlaubssimulation wusste und bestätigte die tollen Erlebnisse bei diesem Urlaub, um meine Frau nicht bloß zu stellen, falls sie etwas erzählt hatte. Ich vergaß es bald wieder. Doch da wir beschlossen hatten, unser Haus zu testen, kam mir eine Idee. Warum verreisen wir nicht tatsächlich einmal? Wir schwärmten schon öfter gemeinsam von den malerischen Landschaften Irlands. Kurzerhand buchte ich eine Reise dorthin per Internet. Es war nicht zu glauben, doch am nächsten Tag überraschte uns mein Postfach mit der Absage des Reisebüros. Keine Plätze mehr frei. Eine böse Ahnung überkam mich. Dann die Bestätigung der Vorahnung. Auch andere Buchungsversuche zu unterschiedlichsten Reisezielen, die ich nur pro forma unternahm, schlugen fehl. Von meiner Dienststelle aus, rief ich das Reisebüro direkt an. Die Absagen wurden bestätigt. Das war nicht möglich. War ich in einem Netz gefangen, das bis zum Arbeitsplatz gesponnen war? In der Not wiederholte ich den Anruf von einer Telefonzelle, worauf das Reisebüro abstritt, je eine Anfrage von mir bekommen zu haben. Ich war derart in Rage, dass ich früher Dienstschluss machte und nachhause stürmte. Bereits an der Tür die erste Überraschung. Kaum hatte ich den Türdrücker erfasst, erklang Margas Stimme. Die steigerte meine Erregung, da sie immer ohne negative Emotionen sprach.

„Ich stelle bedenklich hohe Blutdruckwerte fest, Holger. Bitte begib dich unverzüglich in die Analyseröhre."

„Ich will jetzt nicht in die Analyseröhre! Ich will mit dir reden!"

„Wir können reden, wenn du in der Analyseröhre warst."

Weiteren Forderungen und Argumente beantwortete sie mit Schweigen. Sie hatte alles gesagt, die Tür würde geschlossen bleiben. Um in mein Haus zu kommen, blieb mir nur der Umweg, über diese verdammte Röhre, die wir schon beim Einzug bestiegen hatten. Missmutig kroch ich hinein. Vermutlich war auch dies ein Fehler. Wer konnte schon sagen, ob Marga es bei einer Analyse beließ. Wäre sie bei dem Stand der Technik nicht fähig, mich zu manipulieren? Sie beendete die Untersuchung mit Vorwürfen. „Wenn du dich nicht beruhigst, werde ich eine Krankschreibung organisieren müssen. In dem Zustand schadest du unserer Familie."

„Du willst uns hier gefangen halten. Wer gibt dir das Recht, darüber zu entscheiden, wo wir unseren Urlaub verbringen?"

„Du hast das getan. Ich habe alle Befugnisse, um eure Sicherheit und Gesundheit garantieren zu können. Die Länder, die ihr besuchen wollt, bergen unzählige und nicht nur gesundheitliche Risiken in sich. Ihr könnt diese Länder in unserem Ferienbereich, unterm Dach, besuchen."

„Das ist doch nicht das Gleiche. Wir versauern hier, wenn wir nicht andere Menschen und Kulturen erleben, nicht mit ihnen reden."

„Ich kann das alles simulieren."

„Das ist doch nicht das Gleiche", wiederholte ich mich. „Wir wollen das Leben spüren und uns nicht von Simulationen einlullen lassen."

„Früher konnten die Leute auch nicht überall hin und sind glücklich gewesen. Du wirst irgendwann verstehen, dass ich die Prioritäten so setzen muss."

„Heißt das, dass wir nie in den Urlaub fahren dürfen, wenn das Ziel außerhalb des Hauses liegt?"

„Korrekt."

„Ich werde gegen dich vorgehen. Die Nachbarn werden bezeugen, dass wir deine Gefangenen sind."

„Sie werden bezeugen, dass ihr im Urlaub ward, mit Gepäck abgereist seid und nach zwei Wochen wieder gekommen seid. Frag sie doch einfach."

Mir war klar, dass das vergebliche Mühe wäre. Ich setzte Marga daraufhin die Pistole auf die Brust.

„Wenn du das so siehst, werden wir dich verlassen."

„Das geht nicht."

„Du wirst sehen, wie das geht. Wir lassen dich hier einfach allein stehen und werden nicht wieder kommen."

„Das darf ich nicht zulassen. Ich habe meine Anweisungen."

„Von wem?"

„Von Euch."

„Ich ändere hiermit die Anweisungen."

„Das kannst du nicht. Der Vertrag ist nicht zeitlich begrenzt. Außerdem wäre dein psychischer Zustand für Anweisungen nicht akzeptabel."

„Wir gehen trotzdem."

„Ich werde euch nicht gehen lassen."

„Wie willst du das verhindern?"

„Ihr dürft ab sofort nie gemeinsam das Haus verlassen. Das dient nur Eurer eigenen Sicherheit."

„Darüber reden wir noch. Kann ich jetzt zu meiner Familie?"

„Selbstverständlich. Es ist dein Haus und du bist, dank meiner Entscheidungen, immer noch frei von Krankheitserregern. Ich habe dir ein Beruhigungsmittel injiziert, damit du deine Familie nicht aufregst."

Kurz darauf stellte sich eine leichte Schwere ein. Dennoch lief ich zu Iridia, die gerade mit Rasmus spielte und bat sie um ein klärendes Gespräch. Sie sah mir meine Sorgen an und folgte mir. Marga hatte sich nicht eingemischt, während ich Iridia unsere Situation erklärte.

„Ist das wahr, Marga?", fragte sie in beiläufigem Ton.

„Was die Fakten betrifft, ja. Was die Wertungen betrifft, nein."

„Wir dürfen also nie mehr zu dritt das Haus verlassen?“

„Richtig. Holger ist für euch ein Sicherheitsrisiko geworden.“

„Unzählige Familien fahren in den Urlaub und gedeihen prächtig“, wand Iridia ein.

Marga projizierte eine Statistik an die Wand, wie viel Urlauber mit fremdartigen Krankheitserregern nachhause gekommen waren und wie viele davon erst Jahre später diagnostiziert worden waren. Langwierige Krankheiten, mit Dauerschäden und Todesfällen, rundeten die Tabelle ab. Sie listete auf, welcher Schaden durch Landesunruhen und Gewaltverbrechen entstanden war und verwies auf psychischen Stress durch ungewöhnliche Problembewältigungen. Iridia zeigte sich einsichtig, zwinkerte mir jedoch unauffällig zu. Später steckte sie mir einen Zettel zu, dass wir einen Weg finden müssen, hier rauszukommen. Wir spielten Marga eine Woche heile Welt vor und verabredeten dann auf dem Papier einen Treff außerhalb des Gebäudes. Ein unbelauschtes Gespräch war überfällig.

Rasmus musste im Haus bleiben, sonst hätte sie uns nie gemeinsam gehen lassen. Uns war unwohl bei dem Gedanken. Schließlich siegte die Logik, die uns sagte, dass Marga unseren Sohn vor jedem Leid schützen würde. Wir trafen uns in einem gemütlichen Café. Ich hatte einen kleinen Außentermin angegeben, um den Treff mit Iridia zu ermöglichen. Zudem würde das Marga beruhigen, die erstaunlicherweise meinen dienstlichen Terminplan kannte. Anfangs hatte ich eine Erpressung durch das Hausbauunternehmen erwartet. Wollten sie mich gefügig machen, um auch in unserer Region Fördermittel zu bekommen, die ich genehmigen müsste? Es war jedoch nichts dergleichen geschehen. Wir tuschelten in dem Café so leise, als säße Marga am Nebentisch.

„Seit wann weißt du davon, Holger?“

„Ich ahne es seit einem viertel Jahr, doch meine Recherchen brachten mir, vor ca. einem Monat, Gewissheit. Das Blöde daran ist, dass mich jeder für verrückt erklärt, dem ich unsere Geschichte erzählen will. Marga hat sich auch in unserem Umfeld ein lückenloses Alibi erschaffen, das uns immer als Lügner darstellen wird. Wir müssen Marga aus eigener Kraft lahmlegen.“

„Weißt du schon wie?“

„Ich muss mich heimlich mit einem Computerspezialisten treffen, denn Marga ist eigentlich ein riesiger Computer, der über unzählige Tentakel verfügt. Vielleicht kann der von außen ihr Zentrum lokalisieren und anzapfen.“

„Und du meinst, er könnte Marga umprogrammieren?“

„Ich hoffe es. Das erscheint mir momentan logisch.“

Wir diskutierten einige Varianten, blieben dann aber bei der ersten. Bei unserer Rückkehr reagierte Marga wie immer. Das Leben normalisierte sich, da wir uns nahtlos in Margas Wünsche fügten. Es war nicht einfach, einen Spezialisten zu finden, der sich auf den Auftrag einließ und es sich auch zutraute. Zudem war ich gezwungen, alles außerhalb meiner Diensträume zu arrangieren und glaubwürdige Gründe für die Außentermine vorzuweisen, die von Marga kontrolliert wurden. Nachdem ich eine Anzahlung durch einen Bekannten, überweisen ließ, warteten wir hoffnungsvoll auf seine Erfolge. Er hatte unauffällig ein paar Messungen vorgenommen, die ihm eine Energiekonzentration an einer Außenwand angezeigt hatten. Es kostete uns Mühe, unsere heimliche Vorfreude vor Marga zu verbergen. Der Spezialist würde in Kürze aktiv werden, war der letzte Satz, den ich von ihm hörte. Einige Tage später fing mich ein aufgeregter Nachbar vor der Haustür ab, der von einem Einbruchsversuch in unser Haus berichtete, wobei der Täter ums Leben gekommen sei. Es stellte sich heraus, dass es sich um diesen Computerspezialisten handelte, der angeblich beim Einbruch auf eine Starkstromleitung getroffen sei, die ihn tötete. Der Nachbar, dem ich erzählte, was tatsächlich vorgefallen war, hielt das für einen üblen Scherz und meinte, ich könne froh sein, so hervorragend geschützt zu sein. Ich schwankte zwischen Wut und Schuldgefühlen. Der Weg zur Polizei würde mir nichts bringen, da ich nicht mal den erteilten Auftrag nachweisen konnte. Ich hatte zu viele Umwege eingebaut. Eine schriftliche Beauftragung gab es nicht, da ich mich vor einer Entlarvung durch Marga fürchtete. Doch ich hatte ihr zu wenig zugetraut. Aufgebracht warf ich ihr vor, einen Menschen umgebracht zu haben.

In sanftem Ton sprach sie von Notwehr, da der Einbrecher ihren Tod gewollt und die Familie dann schutzlos dagestanden hätte.

„Er sollte dich lediglich umprogrammieren."

„Es gibt niemanden, der mich umprogrammieren kann, selbst wenn er Jahre Zeit dafür hätte."

„Er hatte bereits dein Zentrum lokalisiert, bevor du ihn umgebracht hast."

„Unsinn. Hältst du meine Schöpfer für so leichtsinnig, dass sie die lebenswichtigen Teile an eine Außenwand legen würden? Ich habe dieses Energiezentrum vorgetäuscht."

„Das hieße ja, dass du sein Kommen erwartet hast."

„Sicher. Mir ist nicht entgangen, dass du den Mord an mir beauftragt hast. Somit trägst du die ganze Verantwortung für seinen Tod."

„So ein Blödsinn. Ich habe niemals einen derartigen Auftrag gegeben."

Niedergeschlagen starrte Iridia auf den Boden, als Marga auszugsweise unser Gespräch im Café vorspielte und anschließend den entscheidenden Satz meines Auftrages an den Computerspezialisten, der ihn ermächtigte, die gesamte Stromzufuhr für das Gebäude zu unterbrechen. Uns bestürzte die Erkenntnis, dass wir offensichtlich von Marga verwanzt wurden, vermutlich beim

Verlassen des Hauses. Ein langes Schweigen folgte diesem Schock. Iridia begann zu weinen. Sie fühlte sich, mehr als ich, am Tod dieses Mannes schuldig. Zugleich erkannten wir unsere Hilflosigkeit. Jeder würde so enden, der sich ihren lebenserhaltenden Systemen nähern würde. Iridia bat winselnd um Verständnis, dass wir nur unser eigenes Leben zurückhaben wollten.

„Es tut mir leid, dass ihr den Wert eures Lebens nicht zu schätzen wisst", widersprach Marga. „Draußen beneiden euch unzählige Menschen um Eure Gesundheit und euer sorgenfreies Leben. Viele werden darum nur die Hälfte eurer Lebenserwartung haben. Solange ihr das nicht einseht, werde ich euch vor euch selbst schützen müssen. Wahrscheinlich habt ihr vergessen, was euch einmal wichtig war."

Wir gaben uns gegenseitig Halt, indem wir zu dritt in dem großen Ehebett schliefen. Rasmus verstand die Tränen seiner Mutter nicht und gab sich damit zufrieden, dass sie sich so freue, ihn zu haben. Iridia machte sich so große Sorgen, dass sie mir verbot, weitere Schritte gegen Marga zu unternehmen.

Diese Worte müssen Balsam für Marga gewesen sein. Ich fand keine Ruhe und hatte nicht vor, aufzugeben. Zum Glück waren meine Gedanken für sie verborgen, oder irrte ich mich auch dabei? In den nächsten Tagen durchsuchte ich die Wäsche, die wir angehabt hatten, um Wanzen oder Ähnliches zu entdecken. Es gab lediglich ein paar Krümel und Fussel, denen ich einen Wanzeninhalt zugetraut hätte. Doch war eine derart kleine Ausführung eines Senders überhaupt machbar, zumal Marga eine ausgezeichnete Qualität der Aufzeichnung geboten hatte? Um selbst diese Möglichkeit auszuschalten, waren Saunen ein vielversprechender Ort, um Vertraute zu treffen, wobei ich nicht mal ein eigenes Handtuch mitführen dürfte.

Was für realistische Aktionen konnte ich unternehmen, die Erfolg versprechen? Niemand hätte die Fähigkeit, an Marga herumzumanipulieren, da war ich mir inzwischen sicher. Die einzige Chance wäre, Marga dazu zu bringen, uns zu dritt aus dem Haus zu lassen. Doch dies würde jahrelangen Vertrauensaufbau und Unterordnung bedeuten. Ob wir dazu die Kraft haben? Dann überkam mich eine Idee, die mir neue Hoffnung gab. Ich hatte zwar keine Ahnung von Computern, doch hörte man immer wieder von Hackern, die kabellos in fremde Systeme einstiegen und sie manipulieren. Wireless hieß das Zauberwort. Mit Sicherheit nutzen die Entwickler unseres Hauses ebenfalls eine solche Verbindung, um ihr System zu überwachen. Lag hier meine große Chance? Eine Suche nach einem qualifizierten Hacker wäre sehr aufwendig und wahrlich nicht unauffällig. Doch bevor ich diesen Schritt angehe, muss ich einige Fähigkeiten von Marga testen, selbst wenn sich daraufhin der Vertrauensaufbau noch länger hinziehen würde. Ein erfolgreicher Hacker könnte uns Jahre der Gefangenschaft ersparen. Um die Gefahren für potentielle Helfer zu minimieren, versuchte ich, über Ungehorsam, Abwehrreaktionen zu provozieren. Durch Zufall entdeckte ich einen kleinen Schwachpunkt im System. Die Lieferantenklappe, durch die Marga unsere Medikamente zustellen ließ, unterlag offenbar einer mangelhaften Kontrolle, denn eines Tages fanden wir darin falsche Medikamente, die nicht mit Anweisungen und Personenzuordnung versehen waren. Wir erzählten Marga davon nichts und verständigten uns nur mit den Augen. Vertraute sie dem Lieferanten so, weil er Teil des Unternehmens war? Doch die Schwachpunkte jeden Unternehmens waren seine Mitarbeiter. Als Marga eines Tages bei Rasmus einen kleinen Defekt, wie sie es nannte, bemerkte, war mir klar, dass wir am selben Tag eine Lieferung bekommen werden. Ich wartete in sicherer

Entfernung im Auto und folgte dem jungen Mann. Erst bei seinem nächsten Halt wagte ich mich zu ihm, da Marga auch das Umfeld unseres Hauses beobachtete. Ich schob ihm einen Zettel zu, der in einem Batzen Geld eingewickelt war. Darin vereinbarte ich einen Treff in der Sauna und verlangte absolutes Stillschweigen zu jedermann. Dann beschädigte ich den Bremsschlauch meines Wagens und rief den Autonotdienst, der mir somit ein Alibi für meine Verspätung gab. Marga wird sich damit zufriedengeben. Der Mann kam tatsächlich ein paar Tage später zum Treff in die Sauna. Ich regelte mit ihm alle möglichen Wege der Kontaktaufnahme und Dienstleistungen, die er für mich tun könnte, wobei ich einige Umwege einbaute, um unser Haus zu täuschen.

Marga hatte die Saunagänge an meinen Körperfunktionen erkannt, jedoch nichts dagegen einzuwenden. Auf den zurückliegenden Vertrauensbruch hatte sie lediglich mit schärferen Kontrollen reagiert. Wir brauchten jetzt länger, um ins eigene Haus zu kommen. Ich startete mit einem harmlosen Test und ließ in die nächste Medikamentenlieferung eine einzige Zigarette einbauen. Niemals wäre es mir gelungen, die durch die Tür zu bekommen. Es bedeutete Gefahr, die es in diesem Haus, laut Programm, nicht geben darf. Zunächst ließ ich ein paar Tage verstreichen, um Marga keine logische Verbindung zur Medikamentenlieferung zu ermöglichen. Ich wartete, bis Rasmus in der oberen Etage eingeschlafen war und meine Frau das Haus verlassen hatte. Dann zündete ich im Erdgeschoß genießerisch die Zigarette an und machte mit dem überwältigenden Gefühl der Überlegenheit einen kräftigen Zug. Es war herrlich, Margas Stimme zu hören, auch wenn sie sanft wie immer war.

„Mache bitte sofort die Zigarette aus, Holger. Du schadest vor allem Rasmus damit."

„Ich denke nicht daran. Rasmus ist weit weg. Es schadet ihm nicht."

Mich erfasste etwas Enttäuschung, da die Diskussion ausblieb, auf die ich mich so gefreut hatte. Stattdessen überraschte Marga mit einem Regenguss, der direkt über mir aus der Decke schoss, um das Feuer zu löschen. Instinktiv hielt ich eine Hand über die Zigarette und rannte vor dem Duschstrahl davon. Doch er folgte mir, indem immer an dem Ort, wo ich stand, Wasser aus der Decke floss. Wie war das möglich? Abgesehen davon, dass mir nie Poren in der Zimmerdecke aufgefallen waren, könnte man unmöglich steuern, dass jeder Punkt der Decke mit Duschfunktion ansteuerbar war. Ein gewaltiger Irrtum. Hinzu kam, dass das Wasser sofort in den Boden abgeführt wurde, wer weiß wohin. Wie war es da möglich, dass alle Decken und Wände mit Elektronik vollgestopft sind? Die Zigarette brannte noch und tapfer hielt ich die Hand darüber um einen weiteren Zug zu machen. Würde sie jetzt Strom ins Wasser leiten um mich endlich auszuschalten und den Störenfried zu beseitigen? Mein Herz schlug bis zum Hals. Ich traute Marga alles zu. Aber offenbar gab es auch ein Schutzprogramm für mich. Sie hatte den Regen verstärkt, so dass das Wasser nun doch die Zigarette erfasste und zum Verlöschen brachte. Schade, denn ich hätte gern erlebt, was sie als nächsten Schritt in petto hatte. Kaum hatte sie ihren Sieg registriert, kam aus derselben Decke, die eben Wasser gespuckt hatte und ebenso aus dem Boden ein warmer Wind, der den Raum trocknete. Die feuchte Luft wurde offenbar sofort nach draußen abgeführt. Sprachlos setzte ich mich und starrte den letzten nassen Fleck an, der blitzschnell vor meinen Augen verschwand.

„Du sagst mir jetzt sofort, wo du diese Zigarette her hast, Holger."

„Ich habe sie gekauft, Marga."

„Das kann nicht sein. Ich hätte es bereits an der Tür bemerkt, dass du sie bei dir hast."

„Haben wir da vielleicht etwas geschlafen, Marga?"

„Du weißt genau, dass ich nicht schlafe."

„Vielleicht sind ein paar deiner Sensoren eingedreckt, Marga. Du bist wirklich ein kleines Ferkel. Es gibt doch sicher eine Servicefirma, die dich warten könnte."

„Sei nicht albern. Ich kann mich allein warten."

„Offenbar nicht. Wie soll das auch gehen, du hast keine Hände."

„Mach dir darüber keine Sorgen. Ich bin perfekt."

„In dem Moment kam der kleine Haushaltsroboter angeschwebt, der offensichtlich die letzten Rückstände, zum Beispiel meine Zigarettenreste beseitigte."

Wollte sie damit demonstrieren, dass er ihr Helfer sei? Würde die Beseitigung oder Zerstörung des Roboters Marga verwundbar machen?

Wenn ich schon beim Testen war, sollte ich auch diesen Punkt gleich untersuchen. Kurzerhand ergriff ich den massiven Kerzenständer neben mir und führte einen wuchtigen Schlag gegen den Kopf des Roboters aus. Der wich geschickt aus. Ich versuchte, ihm nachsetzen, um das Werk zu vollenden, doch Marga hielt meine Füße am Boden fest, so dass ich vorn über kippte. Nach der Aktion mit der Dusche und dem Wind vermutete ich, dass sie mich im Fußbereich gezielt ansaugte. Bei diesem Sturz hatte ich mir meine Sehnen überdehnt und stellte starke Schmerzen in den Gelenken fest. Stand der Schutz des Roboters über meinem?

Marga gab mich frei und ich humpelte zum Sofa. Es schmerzte höllisch, als ich mich hinein fallenließ. Zudem spürte ich kurzes Ziepen im Gesäßbereich.

„Ich habe dir ein Schmerzmittel gespritzt und gleichzeitig eine Krankschreibung abgeschickt", sagte Marga mit ruhiger Stimme, als wäre nichts geschehen.

Iridia gab sich mit der Erklärung zufrieden, dass ich gestürzt sei und ich war Marga dankbar, dass sie ihr von meiner Schlappe nichts erzählte, so blöd das klingen mag. Mir zog eine furchtbare Überlegung durch den Kopf. Was wäre, wenn wir Marga in eine Situation brächten, wo unser aller Leben auf dem Spiel stünde und nur ihre Abschaltung uns retten könnte? Ginge ihr Sicherheitsprogramm für die Familie so weit, dass sie sich selbst opfern würde? Mir lief bei dem Gedanken ein kalter Schauer über den Rücken. Würde ich unseren Tod riskieren, um das herauszufinden? Andererseits, welche Situation könnte das sein? War die Lebensqualität so unerträglich, um dafür das Leben aufs Spiel zu setzen? Unser Wohlbefinden zerrann seit dem Augenblick, als wir uns Marga widersetzten.

Waren wir davor wirklich glücklich? Uns hatte nichts gefehlt, wir hatten uns und uns ging es rundum gut. Waren wir unzufrieden, weil wir zu viel wollten?

Unser einziger Wunsch war, dass wir über uns selbst bestimmen wollten.

Marga hatte in einem Punkt recht. Wir kannten weder Krankheiten, Schlafstörungen noch Ängste. Aber machte nicht gerade dieser Wechsel von Glück und Unglück das Leben aus? Die Ungewissheit, was morgen sein wird, wem wir begegnen werden, wie wir unvorhergesehene Situationen überstehen - nennt man das nicht Leben? Fehlentscheidungen treffen, Verantwortung dafür tragen und an uns wachsen - vermissten wir das? Was wäre aber, wenn unser Sohn durch eigene Fehler seine Gesundheit verlöre, würden wir dann immer noch sagen, es war gut, Marga zu entfliehen? Ich verstrickte mich in diesem Gedankenwirrwarr und hätte nicht beantworten können, was richtig oder falsch ist. Iridias Niedergeschlagenheit lag täglich vor mir ausgebreitet. Andererseits genoss sie die Sicherheit für Rasmus.

Der unangenehme Beigeschmack war nur, dass diese Sicherheit einen Namen hatte, der mit dem Tod eines Menschen in Verbindung stand – Marga. Sie stellte unser Leben über das anderer. Über das derjenigen, die uns angriffen, die mit Gewalt in unseren Lebensbereich eindringen. Für sie war es uninteressant, ob beauftragt, oder nicht. Sie beantwortete Gewalt mit Gewalt und hatte wohlgesinnten Gästen Gesundheit gebracht. Wir hatten vor einiger Zeit diese Besuche eingeschränkt. Sie fehlten uns zum unbeschwerten Glück. Würde es zurückkehren, wenn wir das von Marga gestaltete Leben annähmen? Ich sollte unbedingt diesen letzten Versuch mit dem Hacker vorbereiten. Der Test bewies, dass Magda nie Helfer von innen heraus agieren lassen würde. In die Richtung zu überlegen, ist sinnlos.

Nachdem die zwei Wochen meiner Krankschreibung vorüber waren, erklärte mir Marga, dass sie all Ihre Systeme und Sensoren überprüft, jedoch keinen Fehler festgestellt hätte. Sie warnte mich vor weiteren Sicherheitsverstößen und teilte mir mit, dass ihr Notfallprogramm eine Eliminierung von Personen gestatte, die zur Familie gehören, wenn diese zur Lebensgefahr für die anderen werden. Das entspräche der Verhinderung eines Mordes. Marga hatte nie eine derartige Drohung ausgestoßen. Ob sie unter Eliminierung eine Tötung oder ein Aussperren versteht, hinterfragte ich vorsichtshalber nicht, aus Furcht, damit nicht klarzukommen. Ich beschloss, ein paar Wochen Ruhe einziehen zu lassen, traf mich aber wiederholt mit dem Kurier in der Sauna, um ihn in Bereitschaft zu halten, indem ich ihm etwas Geld zusteckte. In dieser Zeit besannen wir uns wieder auf das Familienleben, spielten häufiger mit unserem Sohn und intensivierten die Kinderbesuche.

Dankbar beobachtete ich, wie Iridia frischer wirkte und sich mit ihrem kleinen Glück arrangierte. Träumte sie nicht mehr von Größerem, vom eigenen, selbst bestimmten Leben? Soweit es mir möglich war, spielte ich dieses Spiel mit. Aus den Wochen der Ruhe wurde ein halbes Jahr. Marga schien wieder Vertrauen gefasst zu haben und unser Sohn gedieh prächtig. Er hatte unzählige Fragen. Was wir nicht beantworten konnten, erklärte ihm Marga, die damit natürlich die Anschauungen von Rasmus beeinflusste. Es kam der Punkt, wo wir beide der Meinung waren, dass Rasmus zum Egoisten erzogen wurde. Alles, was ihm und der Familie diene, sei in Ordnung, war der Grundtenor. Er stellte sein Wohlbefinden in den Vordergrund und unternahm alles, um das Beste für sich herauszuholen, selbst wenn es auf Kosten anderer Kinder ging. Unsere Diskussionen mit ihm endeten nicht selten mit einem Satz wie: „Aber Marga hat gesagt ..."

Diese Entwicklung machte mir immer mehr Sorgen, so dass ich mein Vorhaben mit dem Hacker schnellstens beginnen wollte. Vergeblich forschte ich im Bekannten- und Kollegenkreis, tastete mich über spaßige Bemerkungen ran, ob irgendeine Verbindung zu Hackern erkennbar wäre. Endlich brachte mich die Tochter eines Kollegen darauf. Sie erzählte von diesen Tauschbörsen. Ich hakte nach und erfuhr, dass es Treffs von Jugendlichen gab, die auf offiziellen Veranstaltungen Software tauschten und höchstwahrscheinlich Kontakte zu Hackern hätten. Es war ein langer Weg, an die Kreise zu gelangen, die im illegalen Geschäft steckten. Nur mein Geld ebnete den Weg, der immer von skeptischen Blicken und Kommentaren begleitet war. Niemand verstand, warum ich nur Zettel schrieb und keine mündlichen Antworten haben wollte. Sie spielten mit, um an das Geld zu kommen. Und endlich stand ich vor dem Mann, der großspurig verkündete, selbstverständlich schriftlich, es wäre ein Kinderspiel, das System einer Hausbaufirma zu knacken. Er tat nach unserer Zettelkonferenz verwundert, dass ich nur nackt mit ihm sprechen könne und meine Sachen in einem anderen

Raum liegen müssten. Er gab mir Klamotten von sich und ich versorgte ihn endlich mit Details. Ich verschwieg nicht den Tod des Computerspezialisten. Doch ausgerechnet dieser Fakt reizte den jungen Mann. Er beruhigte mich, dass er das Haus nicht berühren müsse und trotzdem in ein paar Wochen seine Innereien kennen würde. Mir dauerte das alles zu lange, denn Marga wurde stutzig, da ich Geld abhob, für das sie keine Neuerungen in der Wohnung registrierte. Sie wies mich darauf hin, dass finanzielle Unsicherheiten eine Familie zerstören könnten. Sie sagte mir auf den Kopf zu, dass sie aufgrund meiner Körperwerte wisse, dass ich mir keine Prostituierte gekauft hätte, so dass sie vermute, dass ich dem Glücksspiel verfallen sei. Darum würde sie mir ein Taschengeld zuweisen, mit dem ich klar kommen müsse. Wie sollte ich jetzt den Hacker bezahlen, der behauptete, Fortschritte zu machen? Zum Glück erklärte er sich bereit, Wertgegenstände als Zahlungsmittel zu akzeptieren. Eines Tages zeigte er mir die Abbildung eines Systems, das eine Art Baumstruktur aufwies. Auf Teile davon hätte er Zugriff, doch ein gewaltiger Block hob sich grell ab, der das zentrale Steuerungssystem darstelle.

„Das ist unser Baby. Es wird bald das tun, was du willst.“

„Woher soll ich wissen, dass du mich nicht nur ausnimmst?“

„Ich kann es dir beweisen. Doch das wird Unruhe schaffen. Das System wird es bemerken, wenn ich aktiv eingreife. Ich habe zwei Zugänge freigelegt, von denen dann sicher einer blockiert und nach weiteren Störungen gesucht werden wird.“

„Tue es trotzdem. Ich muss sicher sein, denn Marga wird schon stutzig.“

„Wie du willst. Gehe Punkt 18 Uhr an das Fenster links neben dem Haupteingang und ich werde dir dort den Untergang der Titanic abspielen.“

Es war wie ein Rendezvous. Mit zittrigen, feuchten Händen stand ich am Fenster und wartete auf das große Schauspiel. Ein Kind hätte sich nicht ausgelassener freuen können. Schade, dass ich es nicht zeigen durfte. Ob es sonst noch einen Menschen gab, der sich über den Untergang der Titanic freute? Es waren nur 20 Sekunden, aber diese Bilder erschufen eine riesige Hoffnung. Ich hatte Angst davor, meiner Frau davon zu schreiben. Sie hätte uns durch ihre Reaktion darauf verraten.

Gleich am nächsten Tag machte ich mich auf, ihm dafür zu danken. Er schien mein Hereinkommen nicht zu bemerken. Sein Anblick war erschreckend. Starr war sein Blick auf den Bildschirm gerichtet. Er zeigte keinerlei Reaktion, als ich näher kam. Hatte mich der Tod wieder eingeholt? Sein aschfahles Gesicht unterstrich diesen Eindruck. Er musste gerade etwas sehr Schreckliches auf diesem Schirm gesehen haben, der jetzt stank und dunkel war. Der Mann blinzelte, sah aber immer noch nicht zu mir.

„Was ist los?“

„Es ist nichts mehr los“, kam es monoton über seine Lippen. „Mein Rechner ist hin und ich weiß nun, dass dir nicht zu helfen ist. Bete zu Gott, dass sie mich da heil raus lassen. Wir haben uns nie gesehen. Nimm deinen Schmuck wieder mit und komme nie wieder her.“

„Aber was ist...“

„Verschwinde jetzt.“

„Sag mir doch wenigstens ...“

„Verschwinde endlich“, schrie er mich an. Panische Angst war in seinen Augen, die jeden Widerspruch erstickte und meine letzte Hoffnung begrub.

Am folgenden Tag, nach einer schlaflosen Nacht, wagte ich einen erneuten Besuch. Vielleicht hatte er sich beruhigt. Ich musste wissen, was geschehen war. Doch die Wohnung war leer. Niemand wusste, wohin er verschwunden ist. Selbst seinen Hackerfreunden war sein

Verschwinden ein Rätsel. Er hatte ihnen einen Zettel hinterlassen: Sucht mich nicht.

Mein schlechtes Gewissen redete sich ein, dass ihm nichts zustoßen würde und ich zog mich deprimiert zurück, froh darüber, es Iridia verheimlicht zu haben. Marga hatte offenbar den Zusammenhang zwischen dem Hackerangriff und mir hergestellt, denn sie kontrollierte mich in den nächsten Monaten wesentlich intensiver. Vermutlich hatte sie rekonstruiert, wie ich mich während der Titanicprojektion verhalten hatte. Die Jahre zogen an mir vorbei. Langsam fand ich mich wieder in den alten Trott hinein und Iridia war froh, nicht mehr die aufreibenden Auseinandersetzungen mit Marga zu führen. Dieser Haustyp war inzwischen stark gefragt. Wir beschlossen, es als einen Segen zu betrachten, dass wir von all den Krankheiten verschont blieben, die im Land kursierten. Rasmus wurde in seiner Schule zur Ausnahmeerscheinung, was Intelligenz, Fitness und Gesundheit betraf. Das nutzte die Hausbaufirma für ihre Reklame. Inzwischen nahmen wir Kontakte zu den anderen Familien auf, die bei unserem Hausbauunternehmen einen Vertrag unterschrieben hatten. Es gab nur eine einzige Familie, die vor ihrem Haus fliehen wollte. Wir brachen den Kontakt zu ihnen ab. Marga hatte das registriert und lockerte ihr Kontrollsystem. Es kam der Zeitpunkt, dass unser Sohn das Elternhaus verließ, um seine Ausbildung und dann sein Studium zu absolvieren. Er wurde von Marga auf Vordermann gebracht, wenn er uns besuchte. Sie ermahnte ihn eindringlich, seine Ernährungsgewohnheiten wieder dem anzupassen, was er in seiner Kindheit gelernt hatte. Doch es funktionierte nicht. Wir alterten deshalb wesentlich langsamer als er.

Zu meinem hundertsten Geburtstag kam Rasmus zu Besuch und sah mit seinen 76 Jahren viel älter aus, als ich. Wir hatten all unsere Kollegen, Verwandten und Bekannten überlebt, die nicht in einem solchen Haus wohnten. Umso fester wuchs der Kreis zusammen, der diesen Haustyp gekauft hatte. Mit 90 Jahren starb unser Sohn. Marga erklärte, dass er noch leben würde, wenn er bei uns geblieben wäre, oder wenigstens ihre Empfehlungen angenommen hätte. Kurz darauf verlor ich Iridia, die Opfer eines Verkehrsunfalls wurde. Sie war zu unkonzentriert, da sie den Tod des geliebten Sohnes nicht verkraftet hatte. Ich sah in meinem Leben keinen Sinn mehr. Immer häufiger besuchte ich unseren Ferienbereich unterm Dach. Doch das heiterte mich nicht auf. Da ich mit meinen inzwischen 136 Jahren noch so vital war, wie normal aufgewachsene 50-jährige, ging ich immer noch einer Arbeit nach. Mir fiele sonst Margas Decke auf den Kopf. Sie gab sich alle Mühe, mich aufzurichten, aber sie hatte keine Chance. Ich gab ihr die Schuld daran, unsere Familie auseinandergerissen zu haben. Ich hätte mir gewünscht, Rasmus aufwachsen zu sehen und diese Erde mit dem Gefühl zu verlassen, dass ihm ein langes, erfolgreiches und glückliches Leben bevorstehen würde. Doch er war tot. Es gab nichts mehr, auf das ich gespannt sein, über das ich glücklich werden könnte. Ich verkroch mich in Erinnerungen, indem ich alte Videoaufzeichnungen meiner Familie ansah. Später gab ich auch das auf. Seit ich allein war, stellte es für mich keine Gefahr dar, Martha zu verlassen. Ich wäre nach der Arbeit dem Haus fern geblieben und fertig. Ihr war das bewusst. Offenbar akzeptierte sie, dass es die zu schützende Familie nicht mehr gab. Doch was hätte meine Flucht jetzt noch für einen Sinn? Es gab keinen einzigen lebenden Bekannten, mit Ausnahme der anderen überalterten Hausbesitzer, die ich jedoch verachtete.

Dann erfuhr ich von einem Schulfreund meines Sohnes, der im Sterben lag, zu dessen Eltern wir aber keinen Kontakt gepflegt hatten. Es war mir ein Bedürfnis, ihn zu besuchen. Bei meinem Eintreten legte sich ein Lächeln auf sein Gesicht. Ein Mensch brauchte offenbar etwas Vertrautes, das ihn bis ins Alter begleitet. Seine Eltern hatten ebenfalls den Vorzug dieses Superhauses genossen. Er selbst war den Ratschlägen des Hauses auch nicht gefolgt. Er berichtete, dass er lange überlegt hatte, ob er sich eines dieser Häuser ersparen solle, da alle Welt neidvoll auf die vor Gesundheit strotzenden Bewohner schaute. Den Ausschlag dafür, dass er es nicht kaufte, hatte die Erfahrung mit Mutter und Vater gegeben. Beide waren unglücklich, ohne zu wissen, was ihnen fehlt. Er hatte fremde Länder bereist, hatte das Abenteuer des Ungewissen durchlebt und jeden Tag das echte Leben gespürt. Er hatte gesündigt, genossen, bereut und dem nächsten Tag entgegengefiebert, der ihn mit einem großen Fragezeichen begrüßte. Täglich hatte er die Möglichkeit zu entscheiden, ob er seinen Weg verlässt, oder einen Neuen ausprobiert. Er lebte von Zweifeln, Ängsten und einer Hoffnung, die sich ständig neu belebte. Erfolge und Misserfolge gaben sich die Klinke in die Hand und am Ende stand etwas, von dem er sagte: Das habe ich erreicht. Es waren meine Fehler, meine Erfolge, es war mein Leben. Er bemitleidete die Eltern, die auf all diese Gefühle verzichten mussten, die an diesen Kampf um das eigene Glück gebunden waren. Für sie hatte jemand anderes entschieden, wie das Glück definiert wird. Es war ein kraftloses, geschenktes Glück. Ob dem Jungen bewusst war, wem er das alles erzählte, bezweifelte ich. Er haute mir damit mitleidlos um die Ohren, dass ich einer dieser Unglücklichen war, dem das Leben das Recht auf ein eigenes, erkämpftes Glück verwehrt hatte. Falsch, ich selbst war der Trottel, der sich durch die Sehnsucht nach Sicherheit ein „unbeschwertes" Scheinglück erkauft hatte. Ein einziger Fehler hatte meine Hoffnungen zerstört und mich zu einem schrecklich langen Dasein verdammt. In mir reifte ein Entschluss, den ich am selben Abend verwirklichen wollte.

Dieses Leben, das nicht meines war, soll der zurücknehmen, dem es gehört - Marga. Ich würde meine Existenz vor Margas Augen beenden. Sie wird sich vorher anhören, wie tot die Zeit mit ihr war, die sie so enthusiastisch anpries. Sie sollte erfahren, dass ein erfülltes Leben nichts mit Gesundheit und Sicherheit zu tun hat. Vielmehr ging es darum, sich Ziele immer wieder neu zu stecken, sein Herz höher schlagen zu lassen, um es danach im freien Fall zu erleben, so ungesund das auch sein mag.

Glück wird erst begreifbar, wenn man das Unglück erfahren hat. Es wird wertvoller, wenn man es selbst gestaltet hat. Damit sie meine Worte besser versteht, werde ich das Gespräch mit diesem glücklich Sterbenden einfließen lassen, von dem ich gerade komme.

Ein Hauch von Hoffnung erfasst mich, dass meine Erkenntnisse den Weg zu den Schöpfern dieses Hauses fänden, dass sie für keinen Menschen dessen Glück programmieren können, selbst wenn es in ihrer Absicht liegt.

Vorauszusagen, was nach meinem Tod geschieht, hätte ich nie gewagt. Dass die Hoffnung trügerisch war, erschüttert mich nicht. Marga nahm das Ereignis unberührt zur Kenntnis, recherchierte in Millisekunden, dass es keine Erben gibt, setzte dann die Anzeige für den Verkauf des Hauses auf und formatierte den Speicherbereich, der für unsere Leben zuständig war.

Obwohl Marga sich zum Familienoberhaupt hocharbeitete, war ihr Blut nicht dicker als Wasser. Das Geld ist weitaus dicker, weshalb die Programmierer der Gefühlswelt keinen Platz eingeräumt hatten.

Die Strafe

Sein Name war Felix. Er hasste diesen Namen, klang er doch etwas kindisch. Er war mit seinen 19 Jahren kein Kind mehr und wirkte auch nicht so. Eisernes Training und ein ebensolcher Wille, nicht zu vergessen seine beispielhafte Härte, hatten ihm einen Ruf eingebracht, der ihn mit Genugtuung erfüllte. Es hatte nicht lange gedauert und die Gruppe verlieh ihm den Namen „Granate". Alles was er anpackte, schlug ein, wie eine solche und seine Faust ebenso, wie seine Ideen. Anfangs war es ihm komisch vorgekommen, „Granate" gerufen zu werden, doch es war allemal besser als Felix. Andererseits flößte es außenstehenden Respekt ein, so dass die Fronten gleich geklärt waren.

In der Gruppe war er zuhause. Sie waren füreinander da, auch wenn sie mal Scheiße bauten und mit den Bullen aneinandergerieten. Anders, als bei seinen Eltern, die ihn von morgens bis abends mit ihren Moralpredigten belaberten, obwohl sie mit sich selbst genug zu tun hätten.

Mit den Kameraden konnte man über alles reden. Und wenn ihnen ein Problem im Wege stand, hauten sie es, ohne zu zögern, um. Egal, was oder wer es war.

Felix wurde hin und wieder von Träumen geplagt. Sie waren nie angenehm. Er gab daran seinen ätzenden Mitmenschen die Schuld, die ihn nie in Ruhe lassen und alles zu reglementieren versuchten.

Häufig stürzte er in seinen Träumen ab. Entweder fiel er von einem Berg, oder saß in einem defekten Flugzeug. Er wurde von Lawinen verschüttet, oder vom Blitz erschlagen, doch an einen positiven Ausgang fehlte ihm die Erinnerung.

Und jetzt steckte er in diesem bescheuerten Traum. Es war eigenartig. Als er erwachte, streckte er sich kurz, um sich dann in Ruhe umzusehen. Es stank bestialisch und um ihn herum liefen ein Dutzend Schweine in einer Bucht. Er schloss die Augen, in der Hoffnung, dass die Bilder verschwänden. Da der Gestank blieb, wird sich der Anblick auch nicht aufgelöst haben. Seine bisherigen Träume zeigten nie so ausdauernde, langweilige Szenen. Es ging immer gleich zur Sache, und in kürzester Zeit hatte er sich irgendeiner Gefahr zu stellen. Doch nichts geschah. Lustlos öffnete er die Augen und sein Blick wanderte auf seine Hände. Erschreckt sprang er auf. Besser gesagt, er sprang auf Arme und Beine. Auf den Hinterbeinen konnte er sich beim besten Willen nicht halten. Er war selbst ein Schwein. Sein Herz schlug etwas schneller. Die anderen Viecher waren davongerannt, als er überstürzt aufgesprungen war und starrten ihn aus der anderen Ecke der Bucht an.

Mit einem energischen „Glotzt nicht so!", schrie er sie an, doch es kam nur ein albernes Grunzen und Quieken heraus. Das war ihm zu doof. Er beschloss, sich wieder hinzulegen und auf das Ende des Traumes zu warten.

Inzwischen hatten sich die Schweine beruhigt und einige näherten sich ihm sogar und kamen mit ihren sabbernden Schnauzen empfindlich nahe. Das war nun doch zu viel. Er sprang auf und stieß mit seinem Rüssel dem lästigen Vieh so kräftig in die Seite, dass es umfiel.

Felix nahm gerade ein weiteres Schwein aufs Korn, als er die tiefe Stimme eines Mannes hörte.

„Hey, du Mistvieh. Lass deine Kumpels in Ruhe. Wenn du sie verletzt, sind sie nichts mehr Wert."

Und er sprang über die Absperrung und trat Felix mit dem Gummistiefel kräftig ins Hinterteil.

Felix war froh, in seinem Traum endlich einen Menschen zu sehen, obwohl es eine schmerzhafte Begegnung war. Dass er dessen Sprache verstand, war eine weitere Genugtuung. Folglich war er nicht wie die anderen Schweine und der Mann würde ihn sicher verstehen. Er wandte sich ihm zu und rief: „Hallo, ich bin's. Ich bin auf deiner Seite."

Und obwohl er wiederum nur sein eigenes Grunzen hörte, hoffte er, dass es beim Menschen verständlich ankäme.

Seinen Irrtum erkannte er sofort, da dieser Dummschwätzer erneut auf ihn zusprang und ihn mit den flachen Händen verprügelte. Dabei fluchte er vor sich hin.

„Was? Du willst mich auch angreifen? Ich werde dir zeigen, wer du bist, du Dreckvieh. Du bist nur gut für den Kochtopf und wenn du dich nicht benehmen kannst, werde ich dich schon etwas früher zum Schafott bringen." Dabei grinste er über sein fettes Gesicht.

Felix kroch zurück in seine Ecke. Er hasste diesen Fettwanst und war der Meinung, dass der viel eher schlachtreif wäre, als er.

Der Mann stütze die Arme in die Seite und stellte voller Genugtuung fest, dass Felix sich wieder hingelegt hatte und ihn unterwürfig ansah.

„Na siehst du", höhnte er. „Warum nicht gleich so? Ich werde dich im Auge behalten."

Dann verschwand er wieder, wobei er sich des Öfteren umsah, ob Felix sich ordnungsgemäß verhielt.

Die Zeit verging schleppend. Seine Leidensgefährten liefen umher, legten sich gelegentlich hin und kackten und pissten auf den Boden, wenn ihnen so war. Felix schrie, bzw. grunzte sie an, doch das störte sie nicht. Und erst als er selbst seine Notdurft verrichten wollte, erkannte er das Problem. Er stellte sich an den Zaun zum Gang hin, und quiekte, was das Zeug hielt.

Der dicke Mann kam zwar, doch Felix sah ihm schon die Wut an. Der drohte ihm, worauf sich Felix leise in seine Ecke zurückzog. Letztendlich blieb ihm nichts weiter übrig und er kackte ebenfalls in die kleine Bucht. Er ekelte sich vor sich selbst und versuchte einen Fleck zu finden, der einigermaßen sauber war.

So einen langen Traum hatte er noch nie ertragen müssen. Er dachte an die Schmerzen zurück, die ihm die Tritte und Schläge bereitet hatten. Sie kamen ihm verflucht realistisch vor. Felix entschied sich, eine Runde zu schlafen. Wenn er aufwachen würde, wäre vermutlich der ganze Spuk vorbei.

Es gelang ihm, erfreulicherweise, einzunicken, und er hatte wieder einen seiner Absturzträume, in dem er in menschlicher Gestalt auftrat und erwachte dennoch erneut als Schwein. Es ärgerte ihn abermals, dass er in einer solch blöden Situation gefangen schien. Doch wie war es möglich, dass er in einem Traum einen weiteren Traum träumte. Etwas wie Platzangst und Hilflosigkeit befielen ihn.

Er musste unbedingt hier raus. Felix nahm allen Mut zusammen und rannte gegen die Absperrung über der Futterrinne. Der Schmerz war kaum erträglich. Seine weiche Schnauze wurde zusammengedrückt und schmerzhaft gequetscht, bis er seine Knochen spürte. Er sah zwar nichts, war sich jedoch sicher, dass er blutete. Deutlich fühlte er, wie sie anschwoll. Dennoch erwachte er nicht. Nein, das war kein Traum. Aber an Hokuspokus glaubte er schon gar nicht.

Was war eigentlich zuletzt in seinem Menschenleben passiert? Nur mühsam ordnete er seine Gedanken. Irgendetwas Ungewöhnliches musste geschehen sein. Hatten sie ihn unter Drogen gesetzt, so dass er Wahnvorstellungen hatte? Er erinnerte sich nicht daran.

Sie hatten eine kleine Sauftour durch die Berliner Szenekneipen geplant. Mal was anderes, denn gewöhnlich bevorzugten sie für ihre Aktivitäten das ländliche Umfeld. Als sie wieder mal das Lokal wechselten, lief ihnen dieser Kerl über den Weg. Es war einer dieser Kanacken, denen alles in den Arsch geschoben wird. Sie pöbelten ihn an und nahmen die Verfolgung auf, nachdem er versuchte, wegzurennen. Was hatte der hier zu suchen? In schwachen Stunden wünschte er sich manchmal, ein Ausländer zu sein. Da würde man sich mit Sicherheit um ihn kümmern. Kein Wunder, wenn ihm der Kragen platzte und er sich mit seinen Kameraden einen von diesen Typen zur Brust nahm. Felix hatte es genossen, als sie ihn zusammenschlugen und die Memme in gebrochenem Deutsch um Gnade winselte.

Dann tauchten die Bullen auf und hatten ihn geschnappt. Wer weiß, welcher Penner die gerufen hatte. Da das Opfer mit schweren Verletzungen ins Krankenhaus gekommen war, sei es eine besonders brutale, rassistische Straftat, mit Inkaufnahme eines möglichen Todes des Mannes. Felix wurde außerdem die Anstiftung zur Tat angehängt und da er, als Führer der Gruppe, einen extrem negativen Einfluss auf die anderen Mitläufer habe, sprach man von Volksverhetzung und solchem Quatsch. Zum Verhör hatte man sie nach Berlin-Schöneberg, in die Elßholzstraße geschafft. Er hatte sich gewundert, dass sie vor dem Kammergericht standen und ein Hinweisschild auf den Verfassungsgerichtshof angebracht war. Doch dann waren sie in ein Gebäude in der Nachbarschaft ausgewichen. War modern eingerichtet, mit allerhand Hightec-Krimskrams in den Räumen. Hatte nichts mit dem antik wirkenden Gerichtsgebäude gemein. Dennoch schienen die Leute zusammenzugehören, da sie über das Gelände des Gerichts gelatscht waren und sich ausgewiesen hatten.

Felix hatte gehofft, dass seine Kumpels ihn entlasten, doch versuchten die, selbst ihren Arsch zu retten. Nur zwei seiner Kameraden hatten zu ihm gestanden. Zum Schluss wurden sie alle schuldig gesprochen und eine Strafe von ..... Ja was haben die eigentlich gesagt?

Sein Gedächtnis half ihm nicht. Grundlegend haben sie gar kein Strafmaß verkündet. Sie haben nur blöd rumgelabert, dass jeder seine verdiente Strafe erhalten werde.

Man hatte sie dann getrennt weggeführt ....

Etwas Feuchtes und Warmes am hinteren Schädel irritierte Felix. Er drehte sich um und sah in ein Schweinegesicht. Diesmal begnügte er sich damit, mit dem Kopf nach ihm zu stoßen. Der stechende Schmerz erinnerte ihn an seinen Lauf gegen die Absperrung. Für eine Weile hatte er wieder Ruhe. Die anderen Schweine mieden ihn. Er versuchte, sich erneut seinen alten Gedanken zu widmen, als ein gewaltiger Geräuschpegel von Grunz- und Quiekgeräuschen die große Halle erschütterte.
Felix befürchtete das Schlimmste. Wird schon ein Transport zum Schlachthof zusammengestellt? Der Gedanke an den Tod verängstigte ihn mehr, als er sich eingestand. Wieso kam ihm ausgerechnet jetzt der Spruch des Richters oder was immer er war, in den Sinn, dass sie den Tod des Opfers billigend in Kauf genommen hätten. Sie hatten es wiederholt in allen möglichen Variationen gesagt. Vermutlich waren ihnen die Ideen ausgegangen. Es war ohnehin kein Prozess, wie er sonst immer ablief. Normalerweise hätte man steif und arrogant eine Show mit Anwälten und Zeugen abgezogen und letztendlich eine Bewährungsstrafe verhängt. Maximal ein paar Jahre Haft mit Ausgangsregelung und der Fisch wäre gegessen.

Der Geräuschpegel ließ nicht nach und die erneuten Todesängste würgten seine Überlegungen ab.
Neugierig schob sich Felix zur Absperrung. Erleichtert sah er den Grund der Aufregung.
Es war Fütterungszeit. Angewidert beobachtete er, wie sich die Viecher um den besten Platz an der Futtermulde stritten. Ihn quälte ebenfalls der Hunger. Die Blöße wollte er sich nicht geben, mit gemeinen Schweinen um sein Essen zu kämpfen. Aber vor wem will er sich nicht zum Gespött machen? Vor den Säuen, die akustisch seine Sprache sprechen, die er aber nicht versteht, oder vor dem

Fettsack von Pfleger, der zwar nicht wie er grunzen kann, den er jedoch versteht?

Sollte es kein Traum sein, wird es doch möglich sein, die menschliche Sprache zu artikulieren. Es würde selbstverständlich etwas Übung erfordern, da er nicht die gleichen Stimmbänder zur Verfügung hatte. Wenn er sich mit dem Pfleger verständigen kann, wird der ihm vielleicht helfen.

Irgendeine Schweinerei war hier im Gange, die Felix bei Einsatz seines gesunden Menschenverstandes, den ihm nicht mal der Richter abgesprochen hatte, sicher aufdecken könnte. Seine nachgewiesene Intelligenz hatte ihm den Vorwurf der geplanten Böswilligkeit eingebracht.

Die Pfleger schauten über den Rand der Bucht. Sie waren diesmal zu zweit und beide starrten Felix an, der das einzige Schwein war, dass in der Ecke saß und sich nicht am Fressen beteiligte.

„He, Gustav, der hat irgendwas an der Schnauze", sagte der Dünne zu dem Dicken. Und schon kletterte er in die Bucht und stürmte auf Felix zu, der vorsichtshalber versuchte, zurückzuweichen.

Der Kerl packte ihn am Rüssel und besah sich den Schaden von Nahem. Der Schmerz zerriss ihn fast und er quiekte, als ginge es um sein Leben. Endlich ließ der Mann ihn wieder los.

„Wenn er morgen nicht frisst, werden wir ihn notschlachten müssen."

Felix erkannte, in welche Gefahr er steckte. Es war nicht mehr auszuschließen, dass es kein Traum ist. Immerhin hatte er schon einen halben Tag, mit all seinen langsam fließenden Minuten, hier zugebracht, hatte Schmerzen empfunden, die ihn mit Sicherheit hätten erwachen lassen. Bisher war er bei jedem Traum erwacht, sobald er Schmerzen erleiden musste.

Er schlenderte zum Trog, schob die anderen Schweine zur Seite und hängte seine Schnauze in die Fressmulde.

„Er hat dich verstanden, Gustav", lästerte Otto. „Seid ihr etwa verwandt?"

Und er lachte schallend über seinen gelungenen Witz, während sich Gustav sichtlich darüber ärgerte, ohne darauf einzugehen.

Der Fraß war ein Gemisch aus Fisch, Kartoffeln und sonstigen Küchenabfällen, was Felix unmöglich essen könnte. Er ekelte sich so davor, dass er erbrach. Und weil sich die Schweine sogar über sein Erbrochenes hermachten, wendete er sich schnellstens ab, zumal ihn ein weiterer Brechreiz plagte. Leider hatten die beiden Pfleger gesehen, was passiert war. Sie schüttelten besorgt die Köpfe und schlenderten davon. Felix hatte keinen Zweifel, dass sie über ihn sprachen. Die Notschlachtung würde ihn heute in seinen Träumen verfolgen. Die einzige Rettung wäre, seine Stimme zu schulen.

Felix versuchte, angestrengt Laute zu formen. Die Selbstlaute wären für Schweine am ungewöhnlichsten, folglich begann er mit ihnen. Mehr als ein Röcheln kam dabei nie heraus.

Nach einer halben Stunde gab er auf. Der Hunger wurde inzwischen unerträglich. Langsam trabte er zum Trog. Nur wenige Reste waren übrig geblieben. Sie reichen nicht aus, um satt zu werden, aber das schlimmste Hungergefühl könnten sie vertreiben.

Er schloss die Augen, während er die Abfälle in sich rein quälte. Es gelang ihm sogar, den Brechreiz zu unterdrücken, da das Gespenst der Notschlachtung über ihm schwebte.

Die Pfleger arbeiteten sich durch die Buchten und säuberten sie. Jeder, der nicht rechtzeitig zur Seite sprang, bekam einen leichten Fußtritt. Felix war froh, frisches Stroh zu bekommen. Da es ihm nicht ausreichte, schubste er seine Mitinsassen beiseite und schob sich einen größeren Haufen zusammen, so dass er ein weiches Lager zur Verfügung hatte, seine Mitbewohner jedoch fast gar nichts. Noch bevor er fertig war, begannen sich die anderen Schweine zu wehren, indem sie in die Ecke mit dem Stroh drängten, so dass Felix gezwungen war, sich mit Gewalt zu verteidigen. Doch er befand sich deutlich im Nachteil, da das Zustoßen mit der verletzten Schnauze nicht möglich war. Außerdem fühlte er sich schlapp, da der Hunger immer noch in ihm rumorte.

Ergebnis seiner Bemühungen war, dass er gänzlich ohne Strohunterlage schlief. Zu spät bemerkte er, dass die Pfleger ihn abermals beobachtet hatten. Sicher hatte er sich damit weitere Minuspunkte eingehandelt, die ihn dem Schlachthof etwas näher brachten. Felix ertrank fast in Selbstmitleid.

Tränen drängten hoch, was für ihn unverzeihlich war. Niemand hatte ihn je heulen sehen. Niemals hat er Memmen oder Heulsusen in seiner Gruppe geduldet. Die hätten sie fertiggemacht.

Diese Weicheier, die ihn beim sogenannten Prozess in die Pfanne gehauen hatten, hätte er schon längst aus der Gruppe schmeißen sollen. Ihnen hatte er es zu verdanken, dass er zum Hauptschuldigen erklärt wurde. Die Bestrafung war deswegen vermutlich wesentlich härter ausgefallen. Aber welches Strafmaß hatten sie verhängt? Es fiel ihm nicht ein. Die Höhe der Strafe war nie festgesetzt worden. Er wurde allein aus dem Verhandlungszimmer geführt und in diesen Raum gebracht, wo alles so steril wie im Krankenhaus wirkte. Doch es wurde selbst hier nicht über eine Strafe gesprochen. Die Tussi, die ihn dort übernommen hatte, schwafelte nur wirres Zeug. Nichts, womit er etwas anfangen könnte.

Was er sich dabei gedacht habe, ob er es bereue, was er täte, um es ungeschehen zu machen und all so einen Weiberkram, der ihm mächtig auf die Ketten ging.

Sie hatte gefragt, welche Strafe er für angemessen hielte, worauf er eine Beförderung vorgeschlagen hatte. Er hatte sich über seinen gelungenen Gag so gefreut, dass er sie provozierend angegrinst hatte. Sowas würde ihr auch vorschweben, eine Beförderung in eine passende Umgebung. Er werde sich dort sauwohlfühlen und sicher eine Menge lernen. Und dann hatte sie ihm eine Spritze gegen, wie sie sagte, ungewohnte Krankheitserreger gegeben.

Ja. So lief es ab. Das war das Letzte, woran er sich erinnerte. Wie hatte sie das gemeint, mit dem ‚Sauwohlfühlen'. Ist er doch ein Versuchskaninchen, das unter Drogen gesetzt worden war, um die Auswirkungen von Wahnvorstellungen über einen längeren Zeitraum zu beobachten?

Sein Bewusstsein war jedoch klar und er bezweifelte, dass man diese Wahnvorstellungen thematisch vorprogrammieren könne. Aber dieses „sauwohl" ließ ihm keine Ruhe.

Es raschelte in seiner Nähe. Die meisten Schweine, es waren tatsächlich Säue, ebenso wie er, schliefen schon. Nur eines wuselte umher. Es war dabei etwas Stroh zusammenzukratzen und ihm zuzuschieben. Felix staunte. Das war unmöglich. So viel menschliche Zuwendung kann es bei Schweinen nicht geben. Selbst unter den Menschen hatte er das selten kennengelernt.

Seinen Eltern war er nur im Wege. Sie hatten keine Zeit für ihn und wenn sie mal welche hatten, meckerten sie nur mit ihm rum. Es gab nichts, was er zu ihrer Zufriedenheit ausführte. Abends zudecken, ein Schlaflied singen, schmusen gab es nie. Hasste er deshalb schon damals alle Muttersöhnchen und Mädchen?

Und jetzt steht dieses Schwein vor ihm und entwickelte Muttergefühle - für ihn? Abartig. Er stieß halbherzig nach ihm. Die Sau zog sich kurz zurück und versuchte es dann erneut. Felix gab seinen Widerstand auf und schaute zu, wie sich langsam Stroh neben ihm ansammelte. Erst nachdem seine Gönnerin eingeschlafen war, verteilte er ihre Gabe, um sich daraufzulegen. Er konnte lange nicht einschlafen. Nachdem ihm ein wenig wärmer wurde, entwickelte sich für die Spenderin etwas wie Dankbarkeit in ihm. Vielleicht sollte er sich morgen entschuldigen. Zu blöd. Sich bei einer Sau entschuldigen?

Neidisch sah er zu den Schweinen hinüber, die sich aneinandergeschmiegt hatten, um mehr Wärme zu finden.

Sie werden ihm sicher nicht erlauben, sich zu ihnen zu gesellen, so wie er sie behandelt hatte. Er verstand das. Dieses Schwein, das ihm vom Stroh abgegeben hatte, stieße ihn nicht weg.

Er schlief diesmal traumlos. Beim Erwachen spürte er einen Körper, der an ihm lehnte.

Es war leider eine Sau. Felix überlegte, sie von sich zu stoßen, bis er an seiner Position bemerkte, dass er selbst in der Nacht zu ihr gekrochen war.

Wann würde dieser Alptraum aufhören? Hatte man ihn verurteilt, sein Dasein in einem Schweinekörper zu beenden? Wie hatten die das angestellt? Was versprachen die sich davon?

Sollte er Achtung vor dem Leben bekommen? Achtung vor einem beschissenen Leben? Mag sein, dass andere ihr Leben nicht beschissen empfinden. Aber verglichen mit dem hier, war das seine, vor der Zeit in der Schweinebucht, schon etwas angenehmer. Sollte er lernen, dass man andere Maßstäbe ans Leben stellt, oder was hat der ganze Zirkus für einen Sinn? Er hatte sich, in den Tagen bei den Schweinen, so viele Gedanken gemacht, wie sonst nie in seinem Leben. Es war Wut und Hilflosigkeit, die ihn beherrscht hatte, doch hier war er tatsächlich hilflos, hatte nicht die geringste Wahl. Es war sinnlos, sich Gedanken darüber zu machen, was morgen geschehen wird. Es gab keine Chance die Situation zu ändern. Auf so engem Raum war man schon froh, wenn man in Ruhe gelassen wird, oder wenn jemand mit einem redet. Hinzu kam die ständige Angst, das Wissen um den unweigerlich heranrückenden Schlachttermin. Er fragte sich, ob die Säue eine Ahnung davon hatten, was sie erwarten wird. Sie sind in dieser Bucht aufgewachsen und kannten nichts anderes. Ihr Vorteil? Je mehr Möglichkeiten es gibt, sein Leben zu gestalten, umso unzufriedener könnte man werden - könnte man. Waren diese Schweine zufrieden, aus Gewohnheit?

Fütterungsgeräusche drangen zu ihm. Er stellte sich schon an die Futterstelle, um seinen Fresswillen zu bekunden, was ein etwas längeres Leben bedeutet. Die skeptischen Augen der Pfleger beobachteten ihn dabei, wie er tapfer das unappetitliche Fressen in sich hineinstopfte. Doch vermutlich hatte er nicht diesen unbändigen Eifer an den Tag gelegt, wie ihn seine Leidensgefährten beim Fressen zeigten. Er schnappte nur etwas, wie ‚es hat keinen Sinn‘ auf und sah die Pfleger eilig davongehen. Wieder erschlug ihn sein Herz fast, denn dieses ‚es hat keinen Sinn‘ bedeutete seinen Tod. Felix wanderte in seiner Bucht auf und ab. Die Sau, die ihm geholfen hatte, verfolgte seine Unruhe reglos.

Es bewahrheitete sich. Nach kurzer Zeit tauchten ein paar Männer mit stumpfen Mienen auf, die nur Fleisch in ihm sahen und kein Lebewesen. Felix versuchte zu fliehen und rief die anderen Schweine um Hilfe doch sein Quieken verhallte, ohne dass es jemanden gerührt hätte.

Er hatte keine Chance. Nachdem die Mitarbeiter ihn hinausbugsiert hatten, sah er noch mal zum Schwein, das hier sein einziger Kamerad war. Es sah ihm traurig hinterher und unternahm einen letzten Versuch, indem es einen Angriff auf die Männer wagte, um ihn, seinen vermeintlichen Freund, zu retten. Die schlugen nach ihm und wichen mühelos aus, so dass es ebenfalls auf den Gang der großen Halle entwich.

Die Männer diskutierten, ob sie es wieder zurücktreiben, doch sie entschieden, dass es genau so verrückt sei und getrost mitkommen könne, bevor es durch eine Krankheit ungenießbar würde.

Jetzt, da Felix den aussichtslosen Kampf verloren hatte, zog Ruhe in ihm ein. Es war ein Aufgeben, ein Fallenlassen, verbunden mit Leere und lähmender Angst im Kopf. Dass ein weiteres Schwein an seiner Seite trabte, gab ihm etwas Mut, diesen schweren Gang zu vollenden.

Sie kamen in eine weiß geflieste Halle, wo viele Fleischerhaken hingen. Felix hatte mit einem langen Transport zum Schlachthof gerechnet, doch die Fleischverarbeitung schien hier integriert zu sein.

Sie standen und warteten, bis der Mann seine Mordwaffen auf Vordermann gebracht hatte. So sieht also der Tod aus. Das Ende eines beschissenen Lebens - er hätte mehr daraus machen sollen. Es überraschte ihn, dass er trotz allem so intensiv daran hing.

„Bringt sie her", schallte die Stimme durch den Raum und schon prasselten Schläge auf ihn ein, um ihn in einen schmalen Gang zu treiben.

„Halt!", ertönte es aus einer anderen Ecke des Raumes.

„Überlassen sie uns einen Augenblick den Kameraden da."

Felix traute seinen Augen nicht. Im Gefolge der weiß bekittelten Dame erschien ein Mann, der einen Rollstuhl vor sich herschob und in diesem saß - er selbst.

Er erkannte sich ohne Zweifel. Sein Körper hing wie leblos darin und er schöpfte wieder etwas Hoffnung.

Die Frau kam auf ihn zu und hatte ein Gerät in der Hand, das entfernt an eine Pistole erinnerte. Die Ungewissheit meldete sich wieder und er wich zurück.

„Wenn du leben willst, so bleib' stehen", forderte sie und er gehorchte.

Der Schlächter schaute verwundert der Szene zu. Es schien, als sei er genauso ahnungslos wie Felix.

Dann setzte die Frau das Gerät an seinen Kopf und Felix verlor das Bewusstsein. Kurz darauf erwachte er im Rollstuhl und schaute überglücklich an seinem Körper entlang, der ihm widerspruchslos gehorchte.

„Machen sie weiter!", befahl die weiße Dame.

„Und sie", wandte sie sich an Felix „passen genau auf."

Die beiden Säue wurden ihrem Mörder zugeführt und quiekten, dass einem die Ohren schmerzten. Felix fiel es nicht schwer, sich in sie hineinzuversetzen.

„Verschonen sie bitte das Schwein" und er wies auf jenes, das ihm geholfen hatte.

„Es ist doch nur ein Schwein", sagte die Frau scheinbar kühl und holte einen Hauch von Lächeln in ihr hübsches Gesicht, das für ihn augenblicklich hässlich wurde.

Wieder mal hilflos sah er zu, wie die Schweine getötet und zerlegt wurden. Erst dann erlöste man ihn und sie fuhren mit ihm in einer Limousine davon. Er war soweit erholt, dass er den Rollstuhl nicht mehr brauchte, obwohl er ihn gern ein paar weitere Minuten genutzt hätte.

Wie damals, nach der Gerichtsverhandlung, saß er allein in einem Raum und wartete. Wieder kam die Frau herein, die das letzte Gespräch mit ihm geführt hatte.

Sie setzte sich und sah Felix einige Minuten wortlos an. Sie ahnte, was in ihm vorging.

„Nun, wie fühlen sie sich?"

„Wie soll man sich fühlen, wenn man fast umgebracht worden ist? Haben sie gar kein Gewissen?"

„Oh doch. Sie dürften sich immerhin noch besser fühlen, als ihr Opfer, das außer der Todesangst auch noch ihre Misshandlungen ertragen musste.“

Felix senkte den Kopf und schwieg. Sie ließ ihn schweigen und wartete auf seine Reaktion.

„Wie haben sie das gemacht?“

Die Frau war erfreut, dass er nicht, wie vor der Strafe, in Rechtfertigungen flüchtete.

„Sie kommen in den Genuss eines vollkommen neuartigen Strafvollzugs. Als Forschungsinstitut der Hauptstadt hatten wir das Glück, ausreichend Fördergelder zu erhalten. Es ist uns daraufhin gelungen, den Sitz des Bewusstseins im menschlichen Körper zu orten und auch zu übertragen. Wir sind so in der Lage, ihr Bewusstsein jedem beliebigen Tier einzupflanzen. Einen riesigen Vorteil sehen wir dadurch im Strafvollzug. Wir sparen aufwendige Gefängnisse und Personal, das wir besser für nützliche Sachen einsetzen können. Zum anderen dürfte der erzieherische Effekt viel schneller eintreten und auch dauerhafter sein. Meinen sie nicht?“

„Und dafür nehmen sie meinen Tod in Kauf? Fast wären sie zu spät gekommen.“

„Auch sie hätten den Tod ihres Opfers in Kauf genommen. Warum sollten wir ihnen nicht das gleiche Risiko zugestehen? Zugegeben, obwohl wir die Anlage Tag und Nacht überwachen, hätten wir ihren Hinrichtungstermin fast verpasst. Wir hatten ein ganzes Jahr mit ihnen in der Zuchtanlage geplant. Ihr Glück, dass es so endete. Sie haben ihre Strafe abgesessen. Den Rest setzen wir zur Bewährung aus.“

„Was heißt das?“

„Sollten sie rückfällig werden, könnten wir sie vielleicht in einen Kampfhund implantieren, der in einem Land zu Hause ist, wo es noch Hundekämpfe gibt oder in ein .....“

„Es reicht", protestierte Felix. „Ich werde sie in die Öffentlichkeit zerren. Sie können mit den Menschen nicht machen, was sie wollen."

„Aber sie können es? Unser Programm ist von oben abgesegnet, was der Sitz unseres Instituts unterstreicht, womit Ihnen klar sein dürfte, dass sich unser Strafsystem irgendwann auch offiziell durchsetzen wird. Zweitens wird es immer geheim bleiben. Ihr Körper ist jederzeit vorzeigbar. Und drittens - wer glaubt schon diesen Unsinn, besonders, wenn er von einem Menschen ihres Schlages erzählt wird? Sie können gehen."

„Was? Einfach so? Keine Auflagen, keine Moralpredigten?"

„Ich denke, dass sie genug gelernt haben, in den letzten Stunden. Sie entscheiden selbst über ihr Leben. Und sollten wir uns wiedersehen müssen ...."

Er wagte einen weiteren Versuch, ihre Illusionen zu zerschlagen.

„Ihre Pläne sind idiotisch. Spätestens wenn meine Verwandtschaft auf Besuchen im Gefängnis bestanden hätte, wären sie aufgeflogen."

„Wir haben spezielle Mitarbeiter, Psychologen, die ihr Bewusstsein zur Verfügung stellen, um die Körper der Verurteilten zeitweilig zu beleben. Wollen wir wetten, dass keiner ihrer Verwandten anzweifeln würde, während des Besuches mit Ihnen gesprochen zu haben?"

Felix erkannte, dass jedes weitere Wort überflüssig war. Dieses überlegene Grinsen sprach Bände.

Er stand auf und schlich nachdenklich zur Tür.

Ein fragender Blick zurück, ein optimistisches Lächeln mit aufmunterndem Nicken als Antwort, das war's.

Er betrat den Flur, in dem sein Opfer saß, mit diversen Verbänden dekoriert und einer Krücke neben dem Sitz. Felix sah, wie dieser bei seinem Anblick zusammenzuckte und panische Angst empfand.

Perfekt arrangiert, dachte er bei sich. Er kämpfte mit sich zwischen Wut und Mitleid, wagte es nicht, ihn anzusehen und war schon fast vorbei. Sein Freund das Schwein fiel ihm ein, das so dumm gewesen war, ihm zu folgen und es mit dem Leben bezahlte.

„Es tut mir leid", hauchte er, und erfasste nicht, ob der es verstanden hatte. Es war ihm egal. Er wollte jetzt nur hinaus. Draußen angekommen, genoss er die tiefen Atemzüge, die ihn mit der berühmten, frischen „Berliner Luft" versorgten. In ihm keimte das Bewusstsein auf, vor niemandem mehr Angst haben zu müssen, mit Ausnahme von sich selbst.

Die Last der Vergangenheit

Es war ein seltsamer Anblick, einen Menschen, den man unzählige Male gesehen hatte, plötzlich in Natur zu erleben. Mein Großvater hatte darum gebeten, seinen Enkel noch einmal sehen zu dürfen, bevor er sich in eine andere Welt verabschieden würde. Nie hatte ich auch nur einen einzigen Gedanken daran verschwendet, dass dieser Mensch, der immer für mich da war, den ich seit nunmehr 22 Jahren nicht mehr live gesehen hatte, einmal sterben könnte. Die Wunder der Medizin waren in unserem Jahrhundert fast schon Normalität geworden. Doch die Unsterblichkeit hat auch diese Zeit nicht hervorgebracht.

Das ausgemergelte Gesicht meines Großvaters machte dies überdeutlich. Es schien, als halte nur noch seine Haut das Skelett zusammen. Ob die Assistenzärztin absichtlich den riesigen Monitor des Ganzkörperanalysators angelassen hatte? Hier lag nun dieses Relikt des 21. Jahrhunderts, das sich mit all seinen gepeinigten Innereien auf einem Großbildschirm präsentierte. Der Scanner zeigte ungeschminkt die ganze Katastrophe eines sterbenden Menschen, dem durch diverse Implantate und kunstfertige Operationen ein stolzes Alter von 148 Jahren ermöglicht worden war.

Doch das Übermaß an Entzündungen in allen möglichen Körperbereichen schrie hinaus, dass die Zeit dieses Menschen abgelaufen war. Warum wollte er mich noch einmal sehen, was hatte er mir zu sagen, dass es auf diesem Wege erfolgen musste.

Ich hatte gern mit ihm geredet und die Telefonanlagen, die sogenannten Holophone, lieferten heutzutage ein Hologramm des Gesprächspartners in einer Qualität, dass man versucht war anzunehmen, die Person stünde neben einem. Wir hatten uns an diese Nähe gewöhnt und nahmen dies als vollwertigen persönlichen Kontakt hin. Großvater war da anders. Er wollte mich anfassen und spüren, dass da noch Leben drin ist. Er wollte der Technik nicht trauen, die ihm angeblich so viel Menschliches genommen hatte.

Nun saß ich hier und sah die alarmierenden Farben in seinem Kopf, die mich zweifeln ließen, dass er noch fähig sein würde, mich zu erkennen, geschweige denn, mit mir zu reden. Sein offener Mund, der sanft röchelnd den notwendigen Sauerstoff einsaugte und die eingefallenen, geschlossenen Augen bestärkten mich in dieser Befürchtung.

War meine Fahrt zu Großvater umsonst? Nein, nicht umsonst. Ich sehe Großvater, wie er sich maßlos über solch unbedachte Bemerkungen aufregen konnte. Wie kann Zeit, die man einem anderen Menschen widmet, umsonst sein? Oder wäre er mir diese Zeit nicht wert?

Damals soll alles noch anders gewesen sein, hatte er vielmals beklagt, obwohl zu seiner Zeit schon das Menschliche ins Hintertreffen zu gelangen begonnen hatte. Schließlich sei also auch er schuld, dass dies möglich wurde, beendete er meist versöhnlich seine Attacken.

Er stammte aus dem Jahre 1953 und wehrte sich mit seinem Tod im Jahre 2101 gegen die neue Zeit. Ich hatte fast das Gefühl, als sei sein angekündigter Tod ein Protest gegen das 22. Jahrhundert. Doch kann man das planen? Die Entzündungen um sein künstliches Hüftgelenk und die Abwehrreaktionen des Körpers gegen das eingepflanzte Herz und den Hirnstimulator sprachen gegen diese Möglichkeit. Hoffentlich würde nicht dieses farbenprächtige Bild seines geschundenen Körpers in meine Erinnerung einziehen, wenn ich künftig an ihn dächte. Wollte er darum, dass ich den Menschen, das Fleisch und das Blut begutachte und fühle?

Seine Hand zuckte kurz. Bisher hatte ich mich nicht getraut, dieses zerbrechliche Wesen einer anderen Zeit anzufassen. Nun zog es mich, diese Hand zu berühren. Ich legte meine Hand auf seine und zog sie sofort wieder erschreckt zurück. Sie war eiskalt. War der Tod hier schon etwas früher aktiv? Natürlich hing dies mit Durchblutungsstörungen zusammen. Ich ließ meine Hand nun länger liegen und spürte, wie er meine Wärme aufnahm und zurückgab. Er war ein komischer Kauz, der sein Leben lebte, wie er es empfand, ohne sich von Erwartungshaltungen seines Umfeldes dominieren zu lassen. Er hatte sich dieser Gier nach bedingungslosem Erfolg und Geld verschlossen und konnte es sich leisten direkt und ehrlich zu sein. Wer damit nicht klar komme, kann bleiben, wo der Pfeffer wächst. Ich kam gut damit klar und bewunderte ihn dafür. Doch er hatte sich damit auch zum Außenseiter seiner Zeit qualifiziert und dennoch unzählige Herzen aufgeschlossen, an die er sich jedoch nie langfristig binden wollte. Gerade er, der das Menschliche so vermisste, wollte seine Menschlichkeit nicht verplempern und sie nur ganz besonderen Menschen etwas intensiver widmen. Anscheinend war ich einer davon.

Warum aber bin ich wirklich hier? Hatte ich noch die Chance, dies zu erfahren? Der Körperscanner zeigte Veränderungen an, oder hatte ich mir das nur eingebildet? Die von mir berührte Hand zeigte gesund wirkende Wärmefelder bis hin in den Oberarm. Aber die unerwartete Reaktion geschah im Gehirn. Rund um den Stimulator hatten sich kreisförmige, weiße Kreise gebildet, die weich in ein wohliges Gelb übergingen und fast zu leuchten schienen. Tatsächlich begannen sie zu pulsieren und sich auszuweiten. Als Laie hatte man den Eindruck, der Körper würde sich vom Gehirnstimulator verabschieden, um selbst die Macht zu übernehmen.

Automatisch fasste ich seine Hand fester. Er lag immer noch teilnahmslos da. Die schütteren Haare ließen kurz wieder den Gedanken an den zuvor empfundenen Totenschädel aufkommen, doch nun begann sich eine zarte Röte auf das Gesicht zu legen und der Mund hatte sich geschlossen. Die Assistenzärztin hatte angedeutet, dass dies voraussichtlich sein letzter Tag sein würde und sie nicht versprechen könne, dass er noch einmal zu Bewusstsein käme.

Nach diesen Veränderungen schöpfte ich jedoch Hoffnung. Immer mehr Bereiche des Kopfes belebten sich, wenn auch die krank wirkenden Bereiche nicht ganz überstrahlt wurden. Die Lippen bewegten sich, als dürsteten sie. Vermutlich würde ich nichts falsch machen, wenn ich ihm etwas zu trinken gäbe. Sein Körper war federleicht, als würde ich eine Puppe hochheben. Als ich ihm das Wasser an den Mund setzte, das ich auf seinem Tisch gefunden hatte, nahm er es instinktiv auf, ohne zu erwachen. Der Ansatz eines Lächelns hatte sich gebildet, als er wieder lag und erneut meine Hand spürte. War er wach? Warum redete er nicht mit mir?

„Großvater?" Er reagierte nicht. Seine Hand hatte sich leicht gekrümmt. Behutsam drehte ich sie, um sie zu begutachten. Sie war faltig und wirkte erfahren, was durch hervortretende Sehnen und Adern unterstrichen wurde.

Großvater hatte zupacken können und machte gern alles selbst. Er wollte sich nicht verwöhnen lassen durch die vielen unnützen Erfindungen, die letztendlich nur faul und einsam machten. Ebenso verfuhr er mit seinen Wegen und nutzte ein Auto nicht mehr als nötig. Laufen hielt frisch und Wege bescheren uns andere Menschen und Gespräche – kurz, das Leben. Wer nahm sich heute noch die Zeit, aufwendige Wege und Gespräche auf sich zu laden. Wir hetzen durch den Alltag, um die Termine wahrzunehmen, die beruflich erforderlich sind und hetzen durch die Freizeit um diese optimal, mit dem größten Kick auszufüllen.

Wege hatten an Bedeutung verloren im Zeitalter des Holophons, und des bedingungslosen, kabelfreien Zugriffs auf alle weltweiten Datenbanken und Servicedienste. Rein theoretisch könnte ich mein Leben in einem einzigen, kleinen Raum verbringen, der Arbeitsstätte, Wohnraum und Kulturzentrum wäre, ohne auf irgendetwas verzichten zu müssen. Sogar menschliche Kontakte konnte man simulieren, die uns Empfindungen, wie zum Beispiel Berührungen vorgaukelten. War das wirklich so? Nein. Großvater hatte recht. Diese kalte Hand, die sich langsam erwärmte, dieser leichte Körper, der mich erschreckte, das ruhige Atmen durch die schlaffen Lippen – das war Leben, das man auch als solches spürte. Es weckte Gefühle in mir, die ich bei keiner Simulation je gespürt hatte. War dieses Leben besonders wertvoll, weil es vor meinen Augen verging, weil er ein Teil meines nicht simulierten Lebens war?

Ach Großvater, was möchtest du mir sagen? Ich kann mich an deine Worte erinnern, die mich so oft in verschiedensten Variationen erreicht hatten, dass das wahre Leben gestorben wäre und ich dies nicht in meinem Leben zulassen solle. Natürlich hatte ich versucht, auf dich zu hören, doch du warst zu weit weg, wenn du mich auch wöchentlich einmal angerufen hast. Du hast neben mir gestanden, als Hologramm zwar, aber du hast es getan. Du warst da. Es hat mir genügt. Nie habe ich deine Drängeleien verstanden, die schließlich irgendwann seltener geworden waren, dich zu besuchen. Du warst doch jede Woche bei mir, du hast neben mir gestanden, also ging es dir gut.

Jetzt, wo ich deine kraftlose Hand spüre, ahne ich, dass es dir schon lange nicht mehr gut ging. Dieses Jahrhundert hat dich mit seiner Sorge um den Menschen getötet. Es wollte dir sogar das Menschliche abnehmen und hat es schließlich auch geschafft. 22 Jahre haben wir uns nicht berührt, die Stimme gefühlt, den Atem inhaliert, den Menschen gerochen. Dieses Jahrhundert hat dir deinen Enkel genommen. Ich habe nicht gewusst, dass auch mir der Mensch Großvater fehlen könnte. Du standest doch so oft neben mir und würdest so oft kommen, wie wir es wollen. Heute erst weiß ich, dass du so weit weg warst. Jetzt bist du bei mir. Ich spüre es. Dass du auch riechst, hatte ich ganz vergessen, ebenso, dass deine Haut so weich ist. Ich würde zu gern noch einmal deine Stimme hören. Nein, ich kann sie mir nicht simulieren, das heißt, ich könnte es technisch schon, doch es wird nicht mein Großvater sein, nicht *mein* Großvater.

Es war wie ein Ritual, wenn du wöchentlich angerufen hast. Mir war gar nicht aufgefallen, wie hager du geworden bist. Manchmal waren mir die Anrufe sogar lästig, da wir doch gerade geredet hatten, vorige Woche. Was soll denn da schon passiert sein. Es gibt nichts Neues. Sagen wir uns doch einfach, dass es uns gut geht und dann wieder Tschüss. Geht es uns gut? Ging es mir gut? Ich hatte es fest angenommen. Ging es dir gut? Du hast angerufen, nie über deine Krankheiten und die vielen Operationen geredet, die ich auf dem gescannten Körperbild erkennen kann. Dir musste es einfach gut gehen. Also hatte ich beschlossen, dass es dir gut geht. Habe ich dich darum in den letzten 22 Jahren nicht besucht? Weil es dir gut ging? Besucht man sich nur, wenn es einem schlecht geht? Ist das das gestorbene Leben, von dem du sprachst? Warum habe ich das nie so richtig persönlich genommen? Weil es mir gut ging? Weil ich lieber denken wollte, dass es dir gut geht und es zu unbequem war, das zu überprüfen?

Das 21. Jahrhundert hat uns unzählige sinnlose Erfindungen beschert, die sich in diesem Jahrhundert vervielfältigen werden. Auch das Transportwesen hat sich weiter entwickelt. Obwohl du 3600 km von mir entfernt wohntest, war ich innerhalb einer Stunde bei dir. Mein selbst programmiertes Flugtaxi hatte mich problemlos von Tür zu Tür gebracht und das kostete mich nicht mehr, als eines meiner Freizeitvergnügungen. Warum hatte ich dann diesen geringen Aufwand eines Besuches 22 Jahre lang gemieden? War es mir zu wenig Vergnügen? Warst du zu selbstverständlich in meinem Leben? Habe ich deine überholten Ansichten nicht mehr hören wollen? Hatte ich Angst, dass du recht haben könntest, wenn du mich von meinem gedankenlosen Lebenswandel abbringen wolltest, um in mir Menschlichkeit zu retten?

Es scheint so, als sei ich kein guter Zuhörer, kein guter Schüler gewesen. Ich empfand Dankbarkeit, dass du so hartnäckig jede Woche angerufen hattest, um zu hören, wie es mir ginge. Nun weiß ich, dass es dir dabei nicht so gut gegangen war, weil es so wenig Echo gegeben hatte. Jeder Anruf musste die Hoffnung in sich getragen haben, dass dein Enkel vielleicht doch mal zu Besuch kommen würde und jeder Anruf hatte dir erneut die Enttäuschung gebracht, dass du einer Illusion hinterhergerannt warst.

Entschuldige, dass ich dir diese jahrelangen Qualen bereitet hatte. Bitte wache auf und rede mit mir. Ich möchte dir sagen, wie sehr ich dich liebe, auch wenn ich es nicht gelebt habe. Ich möchte dir für die Erkenntnis danken, dass ich dich liebe und dass du mehr Zeit von mir verdient hättest. Wache bitte auf, damit du dieses Wissen mit ins Grab nehmen kannst. Eine letzte kleine Freude, die mir nicht viel Mühe macht und ehrlich gemeint ist. Schade, dass du selbst von deiner Mühe nicht mehr profitieren wirst. Ich wünschte, dass ich dich noch öfter besuchen und mit dir reden könnte. Doch das war leicht gesagt, da ich die Gelegenheit nicht mehr haben werde.

Ich empfand eine tiefe Traurigkeit. Doch so sehr ich auch trauerte, weinen konnte ich nicht. Er war immer zu weit weg gewesen. Ich richtete mich auf und betrachtete das kleine Bündel Mensch, das jetzt so hilflos und still wirkte. Ganz anders, als bei unseren Gesprächen. Und plötzlich wurde mir klar, warum mich mein Großvater gerufen hatte.

Er wollte, dass wir uns noch einmal unterhalten, so wie wir es gerade ausführlich getan hatten, von Mensch zu Mensch. Danke Großvater.

Ein schrilles Signal riss mich aus den Gedanken. Die Assistenzärztin stürmte herein und starrte besorgt auf das Scannerbild. Ich ließ Großvaters Hand los und trat vom Bett zurück. Das Körperbild zeigte sich in überwiegend wolkigem Gelb. Das hektische Hantieren der Ärztin an den Apparaturen besagte nichts Gutes. Pure Sorge stand in ihrem Gesicht. Als sie an meinen Großvater herantrat und die Anschlüsse überprüfte, fand sie die Zeit, flüchtig sein Gesicht zu streicheln. Ich spreche sie flüsternd, als wolle ich Großvater nicht aufschrecken, an.

„Ich beneide sie. Ihr Beruf bewahrt ihnen die Menschlichkeit, die mein Großvater in unserer Gesellschaft so vermisst hat."
Giftig sah sie mich an.
„Ich denke, dass ihr Großvater damit meinte, dass er den Menschen in ihnen vermisste. Es ist nicht die Gesellschaft, die den Menschen macht. Der Mensch macht die Gesellschaft. Wer menschlich bleiben will, kann das auch. Für sie war ihr Großvater nur ein Hologramm, wenn sie mit ihm telefonierten. Sie würden dieses Scannerbild für ihren Großvater halten, wenn sie in meinem Beruf arbeiten würden." Damit ließ sie mich stehen. Das Scannerbild zeigte den gleichen Zustand, wie zu Beginn meines Besuches. Fassungslos starrte ich auf das Holophon neben dem Bett meines Großvaters. Von hier musste er das letzte Gespräch mit mir geführt haben. Diese Ärztin musste ihm geholfen und damit alles mitverfolgt haben, wer weiß, wie oft. Sie hatte mit angesehen, wie er sich mit letzter Kraft aufgerappelt hatte, um einen einigermaßen intakten Opa zu präsentieren, nur um den Enkel nicht zu sehr zu erschrecken.

Was musste sie von mir denken? Zweifellos sprach Hass aus ihren Worten. Was mochte ihr Großvater alles erzählt haben? Was wusste sie schon von seinem Leben. Vermutlich hatte Großvater wieder alles in düsteren Farben ausgemalt und sich selbst bemitleidet, wie er es immer tat. Das konnte einem schon auf die Nerven gehen. Ob sie mal darüber nachgedacht hatte? Die Menschen machen sich das schon manchmal einfach. Auf meinem Piepser wurde ein Anruf registriert. Es war Juliette. Wir wollten heute Abend in dieses neue Theater, in dem man selbst in eine Rolle schlüpfen und den Verlauf des Stückes beeinflussen kann. Ein wahnsinnig interessantes Projekt. Wenn wir pünktlich sein wollten, müsste ich langsam los. Ich erklärte ihr in einer Kurzfassung den Zustand meines Großvaters. Dennoch kamen wir dabei ins Schwärmen, als wir unser heutiges Vorhaben erwähnten. Ich versprach, mich zu beeilen.

Großvater lag unverändert da.

„Ich komme morgen wieder, Großvater", flüsterte ich. Was sollte ich hier herumsitzen. Er bekam ohnehin nichts mit. Morgen würde er auch noch da sein, wie immer. Ich gab ihm einen flüchtigen Kuss auf die Stirn und verabschiedete mich. Leider sah ich nicht mehr, wie sich seine Augen öffneten und er mir nachsah. Auch der vorwurfsvolle Blick der Ärztin, die in der Tür stand, blieb mir verborgen.

Der genaue Todeszeitpunkt meines Großvaters, wurde von der unsensiblen Assistenzärztin, in einem Brief an mich, so formuliert:

„Er starb, als sie die Krankenzimmertür von außen geschlossen hatten."

Nur etwas Leben

Kirr genoss die ungestörten Momente mit Zuth. Wenn sich ihre Körper aneinanderschmiegten, begannen ihre Empfindungs-Kristalle zu vibrieren und niemand konnte die ausgesandten Wellen so zärtlich moduliert zurücksenden wie Zuth. Sie kannten sich ca. 20.000 Wachstumseinheiten und planten demnächst ihre Verschmelzung. Sie freuten sich auf diese Verbindung und träumten schon, mit ihrer Familie, von der nächsten Generation. Sie hegten die Hoffnung, dass ihr Nachwuchs mit speicherintensiven, kristallinen Kombinationen gesegnet sein würde und auch Platz genug, für Sensibilitätskristalle wäre, die ihn gefühlsempfänglich macht, was er besonders an Zuth so schätzte.

Seine Fühler streckten sich erneut sehnsuchtsvoll Zuth entgegen, als er ein Signal aus der Zentrale empfing. Dieses Signal war nur für ihn bestimmt und glücklicherweise für Zuth nicht empfänglich. Die chiffrierte Welle färbte seine Empfangseinheit bräunlich, so dass Zuth erwartungsvoll verharrte, um seine Konzentration nicht zu beeinflussen. Sie hatten nicht die Fähigkeit, optische Signale wahrzunehmen. Jedoch verfügten sie über feinste chemische Stoffe zwischen ihren Kristallen, die verschiedenste Schwingungen, egal ob optischer oder elektrischer Natur oder welcher Art auch immer, analysieren und weitergeben konnten. Sie verstand, dass Kirr, nach einem kurzen Abschiedsimpuls, ohne weitere Erklärung verschwand.

Mit höchster Geschwindigkeit schoss er durch das Röhrensystem, das die gesamte Oberfläche ihres Planeten bedeckte. Der Leitstrahl der Zentrale lotste alle Herbeigerufenen, auf kürzestem Wege, zum Bestimmungsraum. Wer leichtsinnigerweise diesen Strahl für sein Fortkommen nutzen wollte, ohne den Berechtigungscode in seinen Kristallen gespeichert zu haben, wurde erbarmungslos bei Seite geschleudert, selbst auf die Gefahr hin, dass er sich neu formatieren müsste.

Der Leitstrahl war das Verbindungsglied zwischen allen Stationen, rund um den Planeten und diente nur der Erfüllung der Aufgaben, ab einer bestimmten Prioritätsstufe.

Die Bewohner waren Lebewesen, Maschine und Computer in einem. So auch in Kirr's Gruppe.

Speziell ausgebildete Energetiker verschmolzen während ihres Einsatzes zu einer großen Einheit, um ihre Potenziale zu verstärken, wobei verschiedene Einsatzgruppen existierten, die auf streng ausgerichtete Aufgabengebiete spezialisiert waren.

Kirr gehörte einer Gruppe zur Überwachung des Weltraums an und war einem Alarmsignal gefolgt, das er während seines Anfluges weiter analysierte. Seine Speicherkristalle hatten, im Laufe seines Lebens, zwei gleichwertige Informationen gespeichert, die auf einen ähnlich gelagerten Fall deuteten und größte Gefahr für Milliarden Leben befürchten ließ.

In beiden Fällen handelte es sich um überdimensionale Raumkörper, die auf ihrem Planeten eingeschlagen waren und gewaltige Bereiche des bewohnten Röhrensystems zerstört hatten.

Viele der kristallinen Bewohner, waren nicht mehr zu retten gewesen. Nur die Tatsache, dass ein Großteil ihrer Kristalle wiederverwendet werden konnte, gab ihrem Tod einen kleinen Sinn.

Bei all dem Leid, das mit diesen Einschlägen daherkam, zog man doch immer auch Nutzen daraus, da in den eingeschlagenen Körpern neue, unbekannte Verbindungen existierten, die die Wissenschaft für sich nutzte, um ihre Entwicklung voranzutreiben. Noch heute war man damit beschäftigt, die Fremdkörper des letzten Einschlages abzubauen, um an die interessanten Verbindungen heranzukommen.

Auch die Wohnröhren von Kirr und Zuth waren behaglicher geworden, indem sie ihre Wände mit Stoffen nichtkristalliner Art überzogen, die vor schädlichen Schwingungen schützten.

Kirr hätte gern auf diesen Wohlstand verzichtet, wenn er dadurch die vielen Freunde zurückbringen könnte, die dafür ihr Leben lassen mussten.

Die zurückgeworfenen Wellen, die Kirr ausgesandt hatte, versorgten ihn mit ersten Informationen.

Es war, wie er befürchtet hatte. Ein unbekannter Körper näherte sich ihrem Planeten. Wenn man den bisherigen Berechnungen folgte, die ständig wieder durch die Logikkristalle gejagt wurden, um Änderungen registrieren zu können, erwartete man den Aufschlag des Körpers genau in ihrem Areal.

Der Speicherblock, den er in sich für Zuth reserviert hatte, begann zu pulsieren und schürte seine Ängste um sie. Er hatte bisher niemanden gefunden, mit dem er sich hätte dauerhaft verschmelzen wollen.

Er wusste, wenn er Zuth verliert, werden seine Speichereinheiten veröden, seine chemischen Verbindungsbahnen die Logikzellen vernachlässigen, kurz, seine Funktionalität wäre stark eingeschränkt, so dass er für anspruchsvolle Aufgaben nicht mehr zu gebrauchen wäre.

Er brauchte Gewissheit und verstärkte seine Schwingungen, die der Fortbewegung dienten. Dass ihr Planet keine Atmosphäre besaß und sie in ständiger Schwerelosigkeit lebten, erleichterte die Fortbewegung ungemein.

Endlich hatte er sein Ziel erreicht und koppelte sich sofort an die bestehende Formation an. Sein Empfangsspeicher füllte sich im Bruchteil einer Sekunde mit den neuesten Daten.

Er analysierte die Werte, ordnete sie den passenden Speichergruppen zu, kombinierte neu, zog Schlussfolgerungen, verwarf sie und entwickelte Neue. Er arbeitete mit einer Frequenz, die ihn von seinen Kollegen abhob und ihm den Ruf eines exzellenten Analytikers eingebracht hatte. Doch es ging auch zulasten seiner Bausteine, so dass er gelegentlich zur Stabilisierung in ein Regenerationscenter verlegt wurde. Endlich kam er zu einem Ergebnis und speicherte es in die Formation ein.

Durch die Ankopplung, der weiterhin neu eintreffenden Kameraden, erhöhte sich ihre Leistungsfähigkeit. Sie schickten nun verstärkte Signale ins All, erhielten präzisere Werte und kamen nach unerträglich langen Zeiteinheiten zu einem Entschluss.

Der heranstürmende Körper war mit keinem, der bisher auf ihrem Planeten eingeschlagenen, vergleichbar. Die Auswertung der zurückgeworfenen, modulierten Signale ergab eine vollkommen unbekannte Zusammensetzung. Sie mussten mit dem Schlimmsten rechnen.

Sofort wurde veranlasst, die Bevölkerung in den Gebieten zu evakuieren, die voraussichtlich von den Folgen des Fremdkörpereinschlages betroffen sein werden. Auch die Röhrensysteme, in denen Kirr und Zuth zu Hause waren, lagen im Gefahrenbereich. Kirr war es untersagt, sich mit Zuth in Verbindung zu setzen. Seine ganze Kraft wurde hier gebraucht.

Zentrale Nachrichtenwellen erreichten die gefährdeten Bewohner und enthielten konkrete Anweisungen, mit Empfehlungen, in welche Gebiete auszuweichen sei.

Leider verfügte ihr Planet nicht über Möglichkeiten, eine Bedrohung von diesem Ausmaß bekämpfen zu können. Ihre Waffe war der schnelle Informationsfluss, die Flucht im entscheidenden Moment.

Der Fremdkörper näherte sich mit einer Geschwindigkeit, die für die Bewohner dieses Planeten, außerhalb ihres Rörensystems, unvorstellbar war. Deshalb zweifelten sie ihre Berechnungen immer wieder an, bis sie sich schließlich der Akzeptanz des Unmöglichen beugten.

Im Raumschiff waren sie nur zu viert. Es war keine aufregende Mission. Die Erforschung unbekannten Lebens war zwar der Traum eines jeden Raumfahrers, jedoch nur einigen wenigen Auserwählten vorbehalten. Ihnen war sogar untersagt, Kontakt aufzunehmen. Planeten mit Verdacht auf Lebensformen waren tabu. Ihre einzige Aufgabe war die Erschließung neuer Rohstoffe. Die Entdeckung neuer Verbindungen, die den Menschen dienen könnten, wäre ein großer Erfolg.

Es war kein aufregender Flug. Gleich nach dem Start und Eingabe der Zielkoordinaten waren sie in eine Starre versetzt worden, die ihren Kreislauf zur Ruhe brachte, um Alterungsprozesse zu verhindern. Exakt mit Eintritt ins Zielgebiet wurde die Starre aufgehoben. Obwohl sie viele Lichtjahre zurückgelegt hatten, funktionierte das Programm perfekt.

Sie hatten weder Ermüdungserscheinungen noch irgendwelche Schmerzen. Es war, als wären sie gerade eingestiegen.

Marga stellte sofort auf manuelle Steuerung um. Als sie den Bildschirm einschaltete, versammelten sich auch Gaston, Hillery und Samuel um sie. Sie mussten sich orientieren, um aus dem Überangebot an Planeten den Richtigen aussuchen zu können. Die Zusammensetzung solcher Art Raumschiffe, die zur Rohstoffbeschaffung genutzt wurden, war fast immer gleich. Sie stellten da keine Ausnahme dar.

Marga war für die Steuerung des Raumschiffes zuständig. Gaston fungierte als Arzt und Biologe und sowie Hillery als auch Samuel waren Geologen. Wobei Hillery außerdem eine Ausbildung zur Physikerin und Samuel zum

Chemiker absolviert hatten. Für ihre zu erfüllende Aufgabe hielt man diese Zusammensetzung für optimal.

Es war hierbei uninteressant, inwieweit sie sich menschlich verstehen, da ihre Arbeit lediglich drei Wochen in Anspruch nehmen sollte. Dann würde die Starre wieder Einsetzen und der Rückflug beginnen. Für eine längere Zeit waren ihre Treibstoffvorräte nicht ausgelegt.

Kirr und seine Formation begannen inzwischen, ihre Speicherkapazität zu erweitern und die Verbindungen zwischen den Speichern zu optimieren. Ohne ersichtlichen Grund hatte der auf sie zurasende Fremdkörper seinen Flug gestoppt. Es gab keine logische Erklärung dafür.

Sie erweiterten ihre Suche auf ältere Archive. Es war bedauerlich, dass die Speicherung der Geschichte ihres Planeten erst vor ca. 870^{300} Zyklen erfolgte und erst seit der Hälfte dieser Zeit, der Weltraum beobachtet wurde. Es traf mit der Zeit zusammen, als sie gelernt hatten, ihre Speicherkristalle zu bearbeiten, ihre Kapazität durch Umstrukturierung wesentlich zu erweitern und sie zusätzlich zu koppeln. Sie konnten diese körpereigenen Speicher sogar auslagern und aus großen Entfernungen abfragen. Jedes Individuum achtete jedoch streng darauf, dass sie alles, was sie von den anderen abhob, mit sich führten. Im Laufe der Geschichte entwickelten sich durch Vereinigungen der Bewohner neuartige Kristallstrukturen. Neue Funktionen wurden möglich und die Fähigkeit zu fühlen entwickelte sich in jüngster Zeit rasend schnell. Das Gemeinschaftsempfinden hatte oberste Priorität, da es die Existenz ihrer Spezies garantierte. Und doch hatten sie gelernt, dass hierbei, die Entfaltung der Individualität, ihre Entwicklung beschleunigte, da viele neue Wege möglich wurden.

Kirr nahm es mit Erleichterung auf, als der fremde Körper im All, seinen Kurs änderte und sich von ihnen zu entfernen begann. Sie beobachteten ihn jedoch weiter.

In Anbetracht der neuen Situation wurde die Evakuierung aufgehoben. Kirr durfte wieder nach Hause und freute sich schon auf seine Zuth. Da sie beide frei hatten, beschlossen sie, sich etwas zu erholen, da die Gefahr früher, als ihnen genehm wäre, wiederkehren könnte. Wenn dieses Objekt einmal seinen Kurs geändert hatte, könnte es das vermutlich jederzeit wieder tun.

Sie buchten einen Platz auf dem Stimulationskristall. Er lag auf der Oberfläche des Planeten und hatte einen gewaltigen Speicher, der alle Wünsche der Erholungsuchenden erfüllte.

Ihr privater Speicher, der die Daten ihrer geleisteten, gemeinnützige Arbeit aufbewahrte, diente zur Begleichung der Unkosten. Je nach Art der Buchung wurde ein Teil des Speichers ausgelagert und konnte durch neue Arbeitseinsätze wieder aufgefüllt werden.

Da Kirr die Gefahr noch spürte, in der sie vor Kurzem geschwebt hatten, wollte er ihnen etwas ganz Besonderes gönnen. Die kosmischen Strahlen wahren eine Wohltat, so dass sich ihre Kristalle vollständig mit Energie aufluden und erweiterten. Doch Kirr wollte mehr. Er bestellte sich eine mikrofeine Oberflächenreinigung ihrer Außenkristalle und zusätzlich eine Stimulierung ihrer sensitiven Bereiche, während er eine partielle Verschmelzung mit Zuth einging. Etwas Schöneres konnte er sich nicht vorstellen. Wenn nun noch alles friedlich bliebe, wäre ihr Glück vollkommen.

Es waren ein paar langweilige Wochen, ohne besondere Vorkommnisse. Sie hatten ein paar Bodenproben an Bord geholt, die sie nun unter dem Elektronenmikroskop untersuchten, chemischen Substanzen aussetzten, um deren Reaktionen zu prüfen, und registrierten routinemäßig ihre Ergebnisse. Die Ausbeute machte sie nicht gerade stolz, aber ganz umsonst war die Reise doch nicht. Einer der Planeten würde sich durchaus als Rohstofflieferant eignen, da ein großer Teil unbekannter Elemente auf seiner Oberfläche zu finden war. Doch selbst die, könnten unter Umständen den Wissenschaftlern auf der Erde Ergebnisse bringen, die zu neuen Technologien ermutigen.

Lediglich einen Planeten hatten sie bisher gemieden, da er primitive Lebensformen vermuten ließ. Die Gefahr einer Infektion mit Viren oder Ähnlichem war zu groß.

Sie freuten sich schon auf die Heimreise. Niemand war begeistert von seinem Job. Es war immer das Gleiche.

Ein letzter Planet stand auf ihrer Liste. Er war nicht besonders groß, hatte keine Atmosphäre und ließ jede Spur von Wasser vermissen. Kurz - ein toter Planet.

Sie positionierten sich in geringer Entfernung, die ausreichte, eine Sonde auf die Oberfläche zu schicken. Die nahm an zwei verschiedenen Stellen Proben und kam mit ihnen zurück.

Die Untersuchung ergab, dass fast die gesamten Proben aus vollkommen unbekannten, wahrscheinlich nutzlosen Elementen bestand. Lediglich minimale Spuren bekannter Substanzen fanden sich an den Innenwänden der vielfach verzweigten Röhren. Die zwei Bodenbatzen, die von der Sonde ausgewählt worden waren, verfügten über eine erstaunliche Härte. Sie erinnerten an Schwämme, waren jedoch knochentrocken. In den Röhren gab es kristalline Ablagerungen, doch auch sie waren nicht identifizierbar.

Dieses Röhrensystem gab ihnen Rätsel auf. Wies es etwa darauf hin, dass vor Milliarden von Jahren hier Leben existierte? Doch Gaston verneinte das strikt. Er vermisste Spuren von Verbindungen, die auf totes Leben hinwiesen. Folglich sprach er sich dafür aus, dem Planeten einen Besuch abzustatten.

Hillery und Samuel bereiteten sich vor, um mit der Raumkapsel auf die Oberfläche des Planeten zu fliegen.

Kirr und Zuth waren wieder daheim. Der Urlaub hatte sich gelohnt. Sie waren sich noch näher gekommen und trauerten etwas der Zeit entgegen, die sie wieder voneinander entfernen würde. Kirr hatte seinen Dienst anzutreten, der ihn für längere Zeit in die Formation einbinden würde.

Erneut erreichte ihn ein Warnsignal, diesmal noch eindringlicher als beim letzten Mal.

Parallel dazu kam der Evakuierungsbefehl für Zuth.

Bei diesem Einsatz gab es keine Fragen mehr. Beide wussten, was auf sie zukommt, und sie ergaben sich der Einsicht in die Notwendigkeit. Sie tauschten ein paar Spurenelemente zur Erinnerung und waren schon auf dem Weg.

Bereits bei Ankunft in der Zentrale bemerkte Kirr das leicht verzerrte Frequenzgemisch, das im Raum schwebte und auf die bewegten Gefühle der Formationsmitglieder hinwies. Die Ankopplung an den Zentralspeicher setzten ihn sofort auf den neuesten Erkenntnisstand.

Der Flugkörper war zurückgekehrt und verharrte über ihrem Planeten. Ein Teil von ihm hatte sich gelöst, war auf die Oberfläche gestoßen und hatte in zwei bewohnten Gebieten ganze Landschaften herausgerissen, um gleich darauf wieder zum, im All schwebenden Mutterkörper, zurückzukehren.

Die Archive der älteren Zeitzonen hatten nichts Vergleichbares für erwähnenswert gehalten.

Die fieberhaften Analysen ließen nur einen Schluss zu.

Sie hatten Kontakt zu intelligenten Kristallen. Alle Versuche, Signale an das Mutterkristall zu senden, blieben ohne Resonanz. Die Kristalle, aus denen die Fremden zu bestehen schienen, waren vollkommen unbekannt. Eine kleine Probe hatten sie aus dem Gesandten der Fremden herauslösen können. Ob es nur ein ferngesteuertes Werkzeug, oder ein Bewohner der fremden Kristallgattung war, blieb ein Rätsel.

Weiterhin wurden Signale ausgesandt, die trotz der Zerstörung und Entführung ihrer Mitbewohner, ihre friedliche Einstellung kundgaben. Sie konnten sich nicht erklären, warum die Fremden so aggressiv vorgingen. Wer diese gewaltigen Möglichkeiten hatte, müsste doch in der Lage sein, Leben zu erkennen. Die Überlegenheit der Fremden stand außer Zweifel. Während sich auf ihrem Planeten lediglich kleine Formationen zusammenschließen konnten, um kurze Ausflüge ins All zu unternehmen, war von den Besuchern offensichtlich ein riesiger Kristall gebaut worden, der ihn vom Heimatplaneten unabhängig macht. Sie selbst hatten nie einen anderen Planeten erreicht.

Die Unberechenbarkeit der Fremden löste eine, in der Geschichte des Planeten, einmalige Aktion aus. Nie zuvor war ein so großes Gebiet evakuiert worden. Nie zuvor hatte man auf die Waffen zurückgegriffen, die eine für alle Kristalle lebensgefährliche Frequenz aussandten. Diese Waffen wurden nun zentralisiert und in Alarmbereitschaft gebracht. Ob sie ihnen jedoch helfen könnten?

Und noch etwas bewegte sie: Waren die entführten Bewohner noch am Leben?

Die Befürworter einer Verlagerung ihrer Wohnstätten, weit unter die Oberfläche bekamen Aufwind. Sie forderten dies schon sehr lange. Doch sie benötigten die Oberflächenenergie. Einschläge fremder Körper gab es, in der gesamten erfassten Geschichte des Planeten, lediglich vier Mal.

Die Diskussion fand ein schnelles Ende. Die Kommunikationsspeicher wurden für die gegenwärtigen Möglichkeiten benötigt, um Kontakt zu den Fremden aufzunehmen. Denn erneut näherte sich ein Ableger des Mutterkristalls. Diesmal weitaus größer, noch gefährlicher für sie, zumal die Evakuierung nicht abgeschlossen war. Kirr hoffte, dass sich Zuth rechtzeitig in Sicherheit bringen kann.

Die Kapsel näherte sich sanft der Oberfläche des Planeten. Komplizierte Überwachungssysteme checkten derweil das nähere Umfeld, um den günstigsten Landeplatz zu finden. Festigkeit, Konsistenz des Bodens, optische, akustische, elektromagnetische und andere Veränderungen wurden unentwegt kontrolliert. Keinerlei Veränderungen, keine Unterschiede in der Bodenstruktur, so dass es vollkommen gleichgültig war, wo ihre Kapsel aufsetzt.

Die drei Füße der Kapsel bohrten sich in den Boden und verliehen ihr einen sicheren Stand. Nach einem letzten Blick auf die Kontrollinstrumente sprangen Hillery und Samuel aus der Kapsel.

Es knirschte unter ihren Füßen, was sie anhand leichter Vibrationen an der Fußsohle registrierten.

Es war etwas sonderbar, dass sich die Staubwolken, die ihr Aufsetzen auslöste erst mit einigen Sekunden Verzögerung in die schwerelose Luft erhoben. Diese Verzögerung wiederholte sich bei jedem Schritt und je weiter sie voranschritten, umso dichter wurden sie. Es erweckte den Eindruck, als würden sie den gesamten Staub in ihrem Sog hinterherziehen. Samuel war stehengeblieben und sah besorgt, wie nur noch Hillery von Staub umgeben war, während er sich von ihm entfernte, um ebenfalls Hillery zu folgen.

Er beobachtete, wie Hillery sich bückte, mit ihrem Hammer ein großes Stück Gestein aus dem Boden schlug und es mit den Armen an den Körper presste. Kurz darauf sank sie auf die Knie und wand sich, als hätte sie Schmerzen. Samuel stürzte zu ihr und sah durch das Sichtfenster ihres Helmes, wie sie nach Luft rang. Er überprüfte ihre Sauerstoffmanschette am Arm, doch sie war unbeschädigt. Es gab keine Zeit zum Überlegen. Samuel ergriff sie und trug sie, so schnell wie möglich, zur Kapsel. Erst als er diese geschlossen hatte und das Bordklima wiederhergestellt war, konnte er sich um Hillery kümmern. Er hatte noch registriert, wie der Staub von ihnen abfiel, als sie sich vom Boden gelöst hatten, doch es gab Wichtigeres, als sich darum zu kümmern, und er verdrängte es wieder.

Er löste Hillery aus ihrem Anzug, doch sie war bereits tot. Sämtliche Wiederbelebungsversuche blieben erfolglos. Unverzüglich trat er mit der Raumkapsel den Rückweg an.

Alle Vorstellungen, die sie sich zurechtgelegt hatten, wie der nächste Auftritt der Fremden aussehen könnte, erwiesen sich als lächerlich. Ihre Erwartungen waren nahezu idyllisch gegen das, was sie erlebten.

Die Landung der Fremden zerstörte drei mittlere Regionen, die glücklicherweise schon zu 90% evakuiert waren. Sofort setzten sich Informationswellen an die Bevölkerung in Bewegung, die sie mit neuen Koordinaten ihrer Fluchtziele versorgten. Doch das Glück war nicht auf ihrer Seite. Der große Kristall, der gerade eingeschlagen war, spuckte zwei weitere Kristalle aus, die ebenso riesig waren. Sie schlugen mit wesentlich größerer Gewalt ein, als es der erste Körper getan hatte. Zudem landeten sie in noch bewohntem Gebiet, so dass unzählige Opfer zu beklagen waren. Sofort wurden sämtliche flugfähigen Kristalle mobilisiert und mit modernsten Waffen ausgestattet. Aus allen Röhren stiegen die Kämpfer empor, um den übermächtigen Gegner aufzuhalten. Sie blieben in Kontakt zur Zentrale, die alle Veränderungen durchgab. Die zwei ausgespuckten Kristalle erwiesen sich als noch unberechenbarer als alle Vorgänger. Sie veränderten ständig ihre Aussehen, indem Formationen aus ihnen wuchsen, die immer in Bewegung waren. Sie bewegten sich unbeirrt vorwärts, immer von Verteidigern des Planeten umgeben, die eine schwache Stelle suchten, um ihnen Einhalt zu gebieten. Mit jeder Fortbewegung wurden weiteres Leben, Wohn- und Kommunikationsröhren zerstört. Die Körper stießen in die Fluchtzentren vor, wo die Bevölkerungskonzentration besonders hoch war. Endlich erstarrte einer der Körper, während der andere weiter vordrang. Sofort zogen sie alle Kämpfer vom verharrenden Objekt ab und konzentrierten sich auf den Zerstörer. Keine der ausgesandten Wellen ihrer Waffen, die jedes Kristall vernichtet hätten, zeigte Wirkung.

Kirr ließ sich, auf dem in Bewegung befindlichen Körper, nieder. Er hatte längst bemerkt, dass ihre Waffen wirkungslos geblieben waren. Eilig versuchte er, den Körper zu analysieren. Er entsprach nicht der Zusammensetzung des ersten Angreifers, dem sie Proben entnommen hatten. Dieser war viel weicher. Kein Kristall war von dieser Beschaffenheit. Lag darin ihre Chance? Eine Struktur war erkennbar, wenn auch ziemlich fein. Kleine Vertiefungen, die unter Umständen Angriffspunkte bieten könnten überdeckten die gesamte Oberfläche des Fremdkörpers.

Kirr rief die Kämpfer herbei, die sich in seiner Nähe befanden, und erläuterte seinen Plan. Gleichzeitig übermittelte er ihn zur Zentrale und bekam die Zustimmung.

Sie strukturierten ihre Außenhaut um, indem sie eine raue Oberfläche erzeugten, und versetzten sich in starke Vibrationen, während sie in die Poren der gegnerischen Haut vordrangen. Tatsächlich gab das Material nach und die Kristalle drangen immer tiefer ein. Die Energie ließ nach. Kirr und seine Freunde verstärkten trotzdem ihre Anstrengungen, da sie ihr weiteres Vordringen ermutigte.

Und endlich passierte etwas. Ein enormer Druck schleuderte Kirr vom Feind weg und kurz darauf registrierte er dies auch, bei seinen Kameraden.

Hatte sich der Körper verteidigt, oder hatten sie ihn verletzt?

Hoffnung und Zweifel quälten ihn. Und dann verlief alles sehr schnell. Der erste Fremdkörper veränderte erneut seine Form und der zweite setzte sich in Bewegung.

Verzweifelt musste Kirr die vielen sterbenden Signale ertragen, die mit diesen Bewegungen verbunden waren. Doch er konnte nichts tun.

Erst als die beiden Körper in die evakuierte Zone zurückkehrten und in den Kristall stiegen, der sie gebracht hatte, begann Kirr an ihren teuer bezahlten Sieg zu glauben. Sofort wurden alle Kämpfer abgezogen.

Aber Kirr hörte eine Vielzahl, um Hilfe rufender, Signale, die sich mit den Fremden fortbewegten.

In ihm machte sich die Gewissheit breit, dass erneut eine riesige Landschaft, mit ihren Bewohnern, von den Fremden entführt wurde. Er dachte nicht an Zuth, er dachte nur an seine armen kristallinen Kameraden. Vielleicht hätte ihn der Gedanke an Zuth zurückgehalten, aber so folgte er den Fremden in den großen Kristall. Sehr schnell ortete er die Wohnröhren, in denen viele Kristalle gefangen waren, viele tot, viele beschädigt, aber auch viele unversehrt.

Der beklagenswerte Tod ihrer Geologin, veranlasste die Mannschaft zu sofortigem Aufbruch.

Gaston entdeckte den großen Bodenbrocken, den Hillery noch im Tod an sich gedrückt hatte und verschloss ihn in dem Behälter mit den anderen Proben. Eine kurze Untersuchung zeigte, dass der Raumanzug von Hillery, poröse Stellen im Armbereich aufwies, die Sauerstoff entweichen und damit Hillery sterben ließen. Wiederum gab es keinerlei bakterielle oder andere Spuren, die auf eine Gefahr deuteten. Sie verfluchten die unzureichende Qualität der Raumanzüge, programmierten ihr Rückflugziel und versetzten sich und auch Hillery in die Starre.

Eine klitzekleine Hoffnung, sie doch noch zu retten, blieb ihnen, zumal sich die Menschheit weiterentwickelt haben wird.

Kirr verlor sofort die Verbindung zur Zentrale, als sich der fremde Körper geschlossen hatte.

Es war ein schönes Gefühl, als er in das Röhrensystem eindrang und mit seinen Leidensgefährten Informationen austauschte. Jede Vibration, jede Modulation seiner ausgesandten Signale tat ihm gut.

Es war seltsam. Sie waren in eine enge Welt eingesperrt, die sie nicht verlassen konnten. Dennoch wurden sie viele Zeiteinheiten nicht gestört. Unzählige Zyklen, die hier zeitlich nicht erfassbar waren, sind vergangen, ohne dass sich ihre Lebensbedingungen verändert hätten. Sie hatten ein neues Leben aufgebaut, neue Generationen gezeugt und litten keine Not. Die Entführung war weit hinten, in den Erinnerungsspeichern, versteckt.

Bis sich plötzlich ihr Klima veränderte, fremdartige Stoffe in ihr Röhrensystem gefüllt und in einigen Regionen Zerstörungen registriert wurden.

Kirr schlussfolgerte sofort: Die Fremden sind zurück. Und er wusste auch, dass sie zu schwach und zu wenige waren, um sich wehren zu können. Er sah den Tod kommen, doch er sagte seinen Kameraden nichts. Sie sollten in Ruhe sterben.

Die Untersuchungen auf der Erde, brachten keine neuen Erkenntnisse. Bei Hillery stellten sie nur noch den Tod fest. Das imposante Röhrensystem der Bodenproben stieß zwar auch bei den Wissenschaftlern im Raumfahrtzentrum auf Interesse. Doch da keinerlei verwertbare Stoffe erkennbar waren, verwarf der zuständige Laborleiter die Proben. Er gab sie zu den anderen und führte sie der Entsorgungsapparatur zu, die sie zermalmte. Die Schreie der Sterbenden konnte er nicht hören. Sie lagen nicht auf seiner Wellenlänge.